O Baile

DANIELLE STEEL

O Baile

Tradução de
DANIELA PIRES

1ª edição

EDITORA RECORD
RIO DE JANEIRO • SÃO PAULO
2012

CIP-BRASIL. CATALOGAÇÃO NA FONTE
SINDICATO NACIONAL DOS EDITORES DE LIVROS, RJ

S826s
Steel, Danielle, 1947-
O baile / Danielle Steel; tradução de Daniela Pires de Oliveira. – Rio de Janeiro: Record, 2012.

Tradução de: Coming Out
ISBN 978-85-01-09635-7

1. Romance americano. I. Oliveira, Daniela Pires de II. Título.

12-4697
CDD: 813
CDU: 821.111(73)-3

Título original em inglês:
Coming Out

Copyright © 2006 by Danielle Steel

Texto revisado segundo o novo Acordo Ortográfico da Língua Portuguesa.

Todos os direitos reservados. Proibida a reprodução, no todo ou em parte, através de quaisquer meios. Os direitos morais da autora foram assegurados.

Direitos exclusivos de publicação em língua portuguesa somente para o Brasil adquiridos pela
EDITORA RECORD LTDA.
Rua Argentina, 171 – Rio de Janeiro, RJ – 20921-380 – Tel.: 2585-2000, que se reserva a propriedade literária desta tradução.

Impresso no Brasil

ISBN 978-85-01-09635-7

Seja um leitor preferencial Record.
Cadastre-se e receba informações sobre nossos lançamentos e nossas promoções.

EDITORA AFILIADA

Atendimento e venda direta ao leitor:
mdireto@record.com.br ou (21) 2585-2002.

Aos meus filhos maravilhosos e muito especiais:
Beatrix, Trevor, Todd, Nick,
Samantha, Victoria, Vanessa,
Maxx e Zara,
por crescerem com graça e coragem.
Pela sabedoria, riso e amor
que compartilham comigo tão generosamente.
O meu agradecimento por tudo que têm me ensinado
sobre o que de fato importa nesta vida,
e pelos preciosos momentos que compartilhamos.
Que vocês sejam eternamente abençoados.

Com todo o meu coração e amor,

Mamãe/d.s.

Provérbios 31

10: Uma mulher virtuosa, quem pode encontrá-la? Superior ao das pérolas é o seu valor.

11: Confia nela o coração de seu marido, e jamais lhe faltará coisa alguma.

12: Ela lhe proporcionará o bem, nunca o mal, em todos os dias de sua vida.

13: ... e trabalha com a mão alegre.

14: ... manda vir seus víveres de longe.

15: Levanta-se, ainda de noite, distribui a comida à sua casa e a tarefa às suas servas.

16: Ela encontra uma terra, adquire-a. Planta uma vinha com o ganho de suas mãos.

18: … a sua lâmpada não se apaga durante a noite.

20: Estende os braços ao infeliz e abre a mão ao indigente.

25: Fortaleza e graça lhe servem de ornamentos; ri-se do dia de amanhã.

26: Abre a boca com sabedoria: amáveis instruções surgem de sua língua.

27: Vigia o andamento de sua casa, e não come o pão da ociosidade.

28: Seus filhos se levantam para proclamá-la bem-aventurada e seu marido para elogiá-la.

29: "Muitas filhas demonstram vigor, mas tu excedes a todas."

31: Dai-lhe o fruto de suas mãos e que suas obras a louvem nas portas da cidade.

Capítulo 1

Olympia Crawford Rubinstein movia-se apressada pela cozinha numa ensolarada manhã de maio na casa de arenito vermelho que compartilhava com a família, na Jane Street, em Nova York, no antigo distrito dos atacadistas de carne do West Village. Havia muito tempo que o lugar tinha se transformado num bairro elegante repleto de edifícios modernos com porteiros e antigas casas reformadas. Olympia estava preparando o almoço do filho de 5 anos, Max. O ônibus escolar o deixaria em casa em poucos minutos. Max estava no jardim de infância da Dalton School, e, toda sexta-feira, ele ia à escola somente na parte da manhã. Então Olympia tirava o dia de folga para ficar com o garoto. Embora ela tivesse outros três filhos mais velhos do primeiro casamento, Max era o seu único filho com Harry.

Olympia e Harry tinham reformado a casa há seis anos, quando ela estava grávida de Max. Porém, já haviam morado no apartamento dela na Park Avenue, onde Olympia tinha ido morar com seus três filhos após o divórcio. E, então, Harry se juntara a eles. Ela conheceu Harry Rubinstein um ano depois da separação. E já fazia 13 anos que estavam casados. Eles haviam esperado oito anos para ter Max, que era adorado pelos pais e pelos irmãos. Ele era uma criança amorosa, divertida e feliz.

Olympia era sócia de um próspero escritório de advocacia especializado em questões de direito civil e processos trabalhistas. Seus casos favoritos — e sua especialidade — eram aqueles que envolviam discriminação ou qualquer forma de abuso contra crianças. Era uma advogada renomada nessa área, cursara direito após o divórcio, 15 anos antes, e se casara com Harry dois anos depois. Ele fora um de seus professores na Columbia Law School, e agora era um dos juízes da Corte Federal de Apelações. Recentemente, seu nome foi indicado para um dos assentos do Supremo Tribunal. Por fim, não foi escolhido, mas chegou perto, e ela e Harry esperavam que ele conseguisse a próxima vaga que surgisse.

Ambos partilhavam os mesmos credos, valores e paixões, embora viessem de famílias bem diferentes. A de Harry era judia ortodoxa, e seus pais haviam sobrevivido ao Holocausto na infância. A mãe dele fora de Munique para Dachau aos 10 anos e perdera a família. O pai fora um dos poucos sobreviventes de Auschwitz, e mais tarde os dois acabaram se conhecendo em Israel. Casaram-se ainda adolescentes, mudaram-se para Londres e depois para os Estados Unidos. Como ambos tinham perdido a família inteira, o único filho tornara-se o foco de suas energias, seus sonhos e esperanças. Eles haviam trabalhado como escravos durante toda a vida para que Harry pudesse estudar — o pai como alfaiate, a mãe como costureira, laborando por horas a fio em fábricas no Lower East Side e, finalmente, na Sétima Avenida, que ficou conhecida mais tarde como o distrito da moda. O pai morrera logo após o casamento de Harry e Olympia. Uma das maiores tristezas de Harry era o fato de o pai não ter conhecido Max. A mãe, Frieda, era uma mulher de 76 anos, forte, inteligente e amorosa, que considerava o filho um gênio, e o neto, um prodígio.

Ao se casar, Olympia deixara de ser um membro leal da Igreja Anglicana para se converter ao judaísmo. Ela e Harry frequentavam uma sinagoga reformista, e Olympia recitava as preces do Shabbat todas as sextas-feiras à noite, o que sempre deixava Harry comovido. Tanto ele quanto sua mãe não tinham quaisquer dúvidas sobre Olympia ser uma mulher fantástica, uma grande mãe, uma advogada excelente e uma esposa maravilhosa. Harry também já havia sido casado anteriormente, mas não tivera outros filhos. Olympia completaria 45 anos em julho, e ele tinha 53. Os dois combinavam em todos os aspectos, embora suas origens fossem bastante diferentes. Até mesmo fisicamente ambos se complementavam de uma maneira interessante. Ela era loura de olhos azuis; ele, moreno de olhos castanhos; ela era mignon; ele, um urso de pelúcia gigante em forma de homem, sorridente e de personalidade afável. Olympia era tímida e séria, embora suscetível ao riso, especialmente se provocado por Harry ou pelos filhos. Para Frieda, ela era uma nora extremamente prestativa e amorosa.

Olympia vinha de uma família completamente diferente da de Harry. Os Crawford eram uma família ilustre e extremamente sociável de Nova York, cujos antepassados de sangue azul tinham se casado com os Astor e os Vanderbilt por várias gerações. Edifícios e instituições acadêmicas levavam o seu nome, e o chalé de verão da família era um dos maiores de Newport, em Rhode Island. A fortuna da família se reduzira praticamente a nada quando os pais de Olympia morreram, na época em que estava na faculdade, e ela fora obrigada a vender o chalé e a propriedade ao redor para pagar impostos e dívidas dos pais. O pai nunca trabalhara de verdade e, como um parente distante tinha dito após sua morte, "ele conseguira transformar uma grande riqueza em uma pequena fortuna".

Não havia sobrado muito dinheiro após a quitação de todas as dívidas e a venda da propriedade — somente rios de sangue azul e vínculos aristocráticos. Apenas o suficiente para Olympia pagar a faculdade e guardar uma pequena economia, que mais tarde financiaria o seu curso de direito.

Ela se casou com o namorado da faculdade, Chauncey Bedham Walker IV, seis meses após ter se formado em Vassar, e ele em Princeton. Chauncey era um homem charmoso, bonito, capitão da equipe de remo, habilidoso cavaleiro, jogava polo, gostava de se divertir, e era perfeitamente compreensível que, ao conhecê-lo, Olympia tivesse se encantado. Ela se apaixonou perdidamente, e não dava a mínima para a enorme fortuna da família de Chauncey. Ficou tão enamorada que não percebeu que ele tinha certos vícios, como jogar, beber, além de estar sempre de olho em outras mulheres e gastar muito dinheiro. Chauncey foi trabalhar no banco de investimentos da família e fazia tudo como bem entendia, o que incluía ir para o escritório o mais raramente possível, passar literalmente nenhum tempo com a esposa e ter vários casos com uma infinidade de mulheres. Quando Olympia descobriu tudo o que estava acontecendo, ela e Chauncey já tinham três filhos. Charlie nasceu após o segundo ano de casamento, e suas irmãs, gêmeas idênticas, Virginia e Veronica, três anos depois. Quando ela e Chauncey se divorciaram após sete anos de casamento, Charlie estava com 5 anos, as gêmeas, 2, e Olympia, 29. Logo após a separação, Chauncey deixou o emprego no banco e foi viver com a avó em Newport, uma decana da sociedade local e de Palm Beach, onde passou a se dedicar ao polo e a correr atrás das mulheres.

Um ano depois, Chauncey se casou com Felicia Weatherton, a companheira perfeita para ele. Construíram uma casa na propriedade da avó — que ele acabou herdando —, encheram os estábulos de cavalos e tiveram três filhas em quatro anos.

Um ano após ele ter se casado, Olympia se casou com Harry Rubinstein, um sujeito não apenas ridículo, mas inaceitável, de acordo com seu ex-marido. Chauncey ficou simplesmente sem palavras quando seu filho, Charlie, contou que a mãe havia se convertido ao judaísmo. Ele havia ficado igualmente chocado quando Olympia se matriculara na faculdade de direito, tudo para provar que, conforme ela percebera havia muito tempo, apesar das semelhanças entre seus antepassados, ela e Chauncey não tinham e jamais teriam nada em comum. Conforme amadurecia, as ideias que lhe pareciam normais na juventude agora a deixavam apavorada. Quase todos os valores — ou a falta deles — de Chauncey lhe causavam horror.

Nos 15 anos desde o divórcio, houvera momentos erráticos de trégua e pequenas disputas ocasionais, geralmente sobre dinheiro. Ele pagava uma pensão decente, embora não muito generosa, para sustentar os filhos. Apesar da herança que havia recebido, Chauncey era mesquinho com a primeira família, e muito mais generoso com a segunda mulher e as outras filhas. Para piorar, ele forçara Olympia a concordar que jamais encorajaria os filhos a se converterem ao judaísmo, o que para ela não era um problema, já que nunca tivera intenção de fazê-lo. Sua própria conversão havia sido uma decisão íntima, pessoal, que dizia respeito somente a ela e Harry. Chauncey era descaradamente antissemita. Harry o achava um homem pomposo, arrogante e inútil. Com exceção do fato de ele ser o pai de seus filhos e de que o amava quando se casara com ele, Olympia não conseguia encontrar motivos plausíveis para, nos últimos 15 anos, sair em sua defesa. "Preconceito" era o nome de Chauncey. Definitivamente, não havia nada politicamente correto nele ou em Felicia, e Harry o detestava. Ambos representavam tudo o que ele odiava, e nunca poderia entender como Olympia fora capaz de tolerá-lo por dez minutos, muito menos nos sete anos de casamento. Pessoas como Chauncey e

Felicia, além de toda a hierarquia da sociedade de Newport e tudo que representavam, eram um grande mistério para Harry. Ele não estava interessado em nada daquilo, e as eventuais explicações de Olympia sobre o assunto eram tempo perdido.

Harry adorava Olympia, seus três filhos e Max. E, de certa forma, Veronica parecia ser mais filha dele do que de Chauncey. Ambos eram extremamente liberais e compartilhavam as mesmas ideias de responsabilidade social. Virginia, a outra gêmea, era muito mais um regresso aos antepassados de Newport, e era bem mais volúvel que a irmã. Charlie, o irmão mais velho, estava estudando teologia em Dartmouth, e talvez se tornasse pastor. Max era um menino reservado, uma alma antiga e sábia, que a avó jurava ser exatamente como o pai dela, que atuava como um líder religioso dos judeus na Alemanha antes de ser enviado para Dachau. Lá, ele ajudara o maior número possível de pessoas, antes de ser exterminado juntamente com o restante da família.

As histórias da infância de Frieda e dos entes queridos que havia perdido sempre faziam Olympia chorar. Frieda Rubinstein tinha um número tatuado na parte interna do pulso esquerdo — um lembrete que não a deixava se esquecer da infância roubada pelos nazistas. Devido a isso, ela usara mangas compridas a vida inteira — e ainda continuava a usar. Olympia frequentemente comprava blusas de seda e suéteres de mangas compridas para a sogra. Havia um forte elo de amor e respeito entre as duas mulheres, que se aprofundava com o decorrer dos anos.

Olympia ouviu o carteiro empurrar a correspondência pela fenda da porta de entrada, foi buscá-la e a jogou sobre a mesa da cozinha, enquanto terminava de preparar o almoço de Max. Em um sincronismo perfeito, ouviu a campainha tocar precisamente no mesmo instante. Max havia chegado da escola e ela estava ansiosa para passar a tarde com o filho.

As sextas-feiras dos dois eram sempre especiais. Ela sabia que possuía o melhor de dois mundos — uma carreira que amava e a satisfazia e uma família que era o âmago e o núcleo de sua existência emocional. Um parecia acentuar e complementar o outro.

Olympia levaria Max ao treino de futebol naquela tarde. Ela adorava ficar em casa com os filhos. As gêmeas chegariam mais tarde, depois das atividades pós-escolares, que incluíam *softball*, tênis, natação e garotos sempre que possível, particularmente para Virginia. Veronica era mais reservada, tímida como a mãe e extremamente seletiva em relação às companhias. Oficialmente, Virginia era a mais "popular", e Veronica, a melhor aluna. Ambas tinham conseguido entrar na Brown University, onde iriam estudar a partir do outono, após se formarem no ensino médio em junho.

Charlie conseguira um lugar em Princeton, como o pai e três gerações dos Walker antes dele. Mas, em vez disso, decidira ir para Dartmouth, onde jogava hóquei no gelo, e Olympia esperava que, apesar disso, ele se formasse com todos os dentes. Charlie viria para casa dentro de uma semana e, após visitar o pai, a madrasta e as três meias-irmãs em Newport, iria trabalhar num acampamento no Colorado, dando aulas de equitação e cuidando de cavalos. Ele herdara o amor do pai pelas atividades equestres e era um habilidoso jogador de polo, embora preferisse aspectos mais informais do esporte. Passar o verão andando a cavalo como um rancheiro e ensinando crianças parecia divertido para ele, que tinha plena aprovação de Olympia e Harry. A única coisa que Harry não gostaria que Charlie fizesse seria desperdiçar o verão inteiro indo a festas, como o pai dele, em Newport. Harry considerava o estilo de vida de Chauncey e todas as pessoas a ele associadas um desperdício de tempo. E ele sempre ficava satisfeito por notar que Charlie tinha muito mais substância e coração que o pai. Ele era um rapaz bom, com uma boa cabeça, dono de um coração afetuoso e com princípios e crenças sólidos.

As meninas iriam para a Europa com as amigas como presente de formatura, e Olympia, Harry e Max se encontrariam com elas em Veneza em agosto, levando-as para uma viagem de carro à região da Umbria, ao lago de Como e à Suíça, onde Harry tinha alguns parentes distantes. Olympia aguardava ansiosamente pela viagem. Assim que voltassem, levariam as meninas para Brown, e depois disso restaria apenas Max em casa com ela e Harry. A casa já parecia silenciosa demais desde que Charlie tinha ido embora. A partida das garotas seria uma verdadeira perda para ela. Com a formatura e a iminente liberdade, elas quase nunca ficavam em casa. Olympia havia sentido muitas saudades de Charlie nos últimos três anos, e se arrependia por ela e Harry não terem tido mais filhos após Max. Mas, com quase 45 anos, ela não conseguia se ver novamente envolvida com fraldas e horários de amamentação. Já havia passado dessa fase, e a presença de Max em suas vidas, unindo-os ainda mais, era como um maravilhoso presente.

Olympia correu para abrir a porta assim que ouviu a campainha, e lá estava Max, no esplendor dos seus 5 anos, com um sorriso largo e radiante. Ele jogou os braços ao redor do pescoço da mãe e a abraçou, como sempre fazia ao vê-la. Max era um menininho feliz e carinhoso.

— O meu dia foi *ótimo*, mamãe! — disse com entusiasmo.

Max adorava tudo na vida, os seus pais, as suas irmãs, o irmão que mal via, mas era mesmo louco pela avó, pelos esportes que praticava, pelos filmes que assistia, pela comida servida pela mãe, e pelos professores e amigos da escola.

— Nós comemos *cupcakes* no aniversário da Jenny! Eram de chocolate com *confeitos*! — emendou ele, como se estivesse descrevendo um acontecimento raro e fabuloso, embora Olympia soubesse, por meio do trabalho voluntário que fazia na turma do jardim de infância de Max, que *cupcakes* confeitados eram servidos em festinhas de aniversário quase todas as semanas. Mas, para seu filho, todos os dias e todas as oportunidades oferecidas eram novos e maravilhosos.

— Parece delicioso! — Ela sorriu ao olhar para o menino, reparando que havia tinta espalhada por toda a sua camiseta.

Ele jogou o suéter sobre uma cadeira, e Olympia viu que os tênis novos também estavam cobertos de tinta. Max era exuberante em tudo que fazia.

— Você teve aula de educação artística hoje? — perguntou, enquanto ele se acomodava numa das cadeiras ao redor da grande mesa redonda da cozinha, onde a família compartilhava a maioria das refeições.

Havia uma elegante sala de jantar decorada com antiguidades herdadas por Olympia, porém a família a usava somente nos raros jantares que dava e em celebrações como Natal, Chanukah, Pessach e Ação de Graças. Eles celebravam tanto os feriados religiosos cristãos quanto os judaicos, para serem justos com todos os filhos. Queriam que eles apreciassem e respeitassem ambas as tradições. No princípio, a atitude da sogra de Olympia em relação a isso fora de desconfiança, mas agora ela reservadamente admitia gostar disso, "pelas crianças". A cozinha era o núcleo da vida familiar e o centro revigorante das atividades de Olympia. Em um dos cantos, havia uma escrivaninha com um computador e uma gigantesca e constante pilha de papéis, dos quais a maior parte era sobre assuntos familiares. Ela possuía também uma saleta no andar de cima, conjugada com o quarto de casal, que usava como escritório nas manhãs de sexta-feira ou, ocasionalmente, à noite, quando estava com um caso importante e trazia trabalho para casa. Na maioria das vezes, tentava deixar os processos dos clientes no escritório e focar seu tempo nas crianças enquanto estava em casa. Mas equilibrar as duas coisas era, quase sempre, um desafio. Harry e os filhos mais velhos a admiravam pela maneira como administrava a situação. Max não parecia perceber. Qualquer coisa que acontecesse em casa tinha a ver com a família, não com o trabalho dela como advogada. Ela fazia o possível para manter os dois mundos separados. Raramente conversava sobre trabalho com os filhos, a menos que eles perguntassem. Em casa, estava mais interessada em falar sobre o que eles faziam. E a babá ficava com Max somente enquanto Olympia estava no trabalho — nenhum minuto a mais. Ela adorava ficar com o filho e desfrutava o tempo que passavam juntos.

— Como você sabe que tivemos educação artística hoje? — perguntou Max com interesse, enquanto mordia o sanduíche de peru que ela havia preparado.

O sanduíche estava exatamente como ele gostava, com a quantidade certa de maionese e um monte das suas batatinhas fritas prediletas. Os dons maternais de Olympia eram bastante apurados, cinco estrelas no que dizia respeito a Max. O marido e os outros três filhos concordavam. Ela era uma boa cozinheira, uma mãe dedicada e estava sempre à disposição para ouvir seus lamentos e resolver os problemas de cada um. Sabia quase tudo que eles faziam. Nunca divulgava os segredos, e seus conselhos sobre problemas amorosos eram muito bons, de acordo com Virginia. Veronica normalmente guardava as paixonites para si, assim como Charlie. Ele não pedia conselhos sobre os relacionamentos que mantinha na faculdade, e agira da mesma maneira quando ainda morava em casa e estava no ensino médio. Charlie era, e sempre fora, uma pessoa muito discreta e reservada. Harry costumava dizer que ele era um *mensch*, um homem de integridade e grande valor. Algumas vezes, ele dizia que Olympia também era uma *mensch*, ainda que fosse mulher. E ela sabia que, vindo dele, aquilo era um verdadeiro elogio.

— Eu sou vidente — disse Olympia em resposta à pergunta de Max, sorrindo com o olhar fixo nos olhos castanhos tão parecidos com os do pai. Os cabelos de Max eram tão escuros e brilhantes que pareciam quase azuis. — Talvez a tinta na sua camisa tenha me dado uma pista.

Ela não mencionou os sapatos, e tinha certeza de que ele não havia notado. Max adorava arte e, como Charlie e Veronica, era um leitor ávido. Fazer com que Virginia concluísse as leituras escolares era uma agonia constante. Segundo ela, havia coisas melhores a fazer, como mandar e-mails para os amigos, falar ao telefone ou assistir à MTV.

— O que "vigente" quer dizer mesmo? — Max pareceu confuso por um momento, mastigando com a boca cheia de batatinhas, tentando se lembrar do significado da palavra que momentaneamente fugira da sua memória. O vocabulário dele era bastante avançado para a idade que tinha.

— Vidente. Quer dizer que eu sei o que você está pensando — explicou ela, tentando não rir dele. Ele era tão fofo!

— Sim — assentiu ele, com uma expressão pensativa de admiração. — Você sempre sabe. Eu acho que as mães são assim. — Para ele, a mãe sempre sabia tudo.

Na opinião de Olympia, 5 anos era uma ótima idade. Todas as vezes que uma das meninas a chamava de "monstro", ela podia contar com Max para se assegurar de que era incapaz de fazer algo errado. Aquilo era, e tinha sido nos dois últimos anos, tranquilizador, uma vez que as gêmeas estavam passando pelos altos e baixos da adolescência. Particularmente Virginia, que frequentemente discordava da mãe sobre o que podia ou não fazer. As batalhas de Olympia com Veronica tinham a ver com questões mais abrangentes, mais relacionadas às mazelas e injustiças do mundo.

Olympia sentia que lidar com meninas adolescentes era, no mínimo, muito mais difícil do que com garotinhos no jardim de infância, ou mesmo com o filho que acabara de entrar na faculdade e sempre fora tranquilo, amigável e extremamente justo. Charlie era o negociador e o pacificador da família, sempre ansioso para que todos se dessem bem, particularmente os dois lados de sua família estendida. Ele frequentemente conseguia enxergar os pontos de vista divergentes do pai e da mãe e funcionava como mediador entre os dois; e, quando uma das irmãs discutia com a mãe, era Charlie quem se posicionava como intérprete e negociava as pazes. Veronica era conhecida por ser esquentada e rebelde e, às vezes, dona de opiniões políticas um tanto duvidosas. Virginia era a "cabeça de vento" da família, de acordo com a irmã. Ela normalmente se preocupava mais com a aparência e com sua vida amorosa do que com questões sociais ou políticas mais profundas. Veronica e Harry tinham longas e acaloradas discussões durante a noite, embora normalmente tivessem opiniões bastante similares. Virginia tinha interesses diferentes dos da irmã, e passava horas debruçada sobre revistas de moda, ou lendo fofocas de Hollywood. Dizia que queria ser modelo ou estudar para ser atriz, enquanto Veronica desejava fazer faculdade de direito, como Harry e sua mãe, e estava pensando em se envolver na política após se formar.

Charlie ainda não sabia que carreira seguir no futuro, embora tivesse apenas mais um ano para se decidir. Estava pensando em trabalhar no banco de investimentos da família do pai logo após a faculdade, ou talvez estudar por um ano na Europa. Max era o mascote da família que fazia todos rirem nos momentos de tensão, ou querer abraçá-lo quando pousavam os olhos nele. Os três irmãos o adoravam. Max jamais tinha conhecido alguém que não gostasse dele, e adorava ficar com a mãe na cozinha, no chão — porque era divertido —, desenhando, construindo coisas com blocos e Lego enquanto ela falava ao telefone. Era uma criança que se divertia com pouco. Estava quase sempre feliz. Amava tudo que fazia parte de seu mundo, principalmente as pessoas.

Olympia lhe deu um picolé natural de frutas e um biscoito, enquanto checava a correspondência e se servia um copo de chá gelado. O tempo estava quente desde a semana anterior, o que era um alívio para todos. Finalmente a primavera havia chegado. Para ela, sempre demorava muito para esquentar. Odiava os longos invernos do leste. Todo ano, por volta de maio, já estava farta de casacos grossos, botas, luvas, macacões de inverno e tempestades de neve que chegavam do nada em abril. Ela mal podia esperar pelo verão e pela viagem à Europa. Ela, Harry e Max iriam para o sul da França por duas semanas, antes de se encontrarem com as meninas em Veneza. Àquela altura, já seria hora de fugir do tórrido verão nova-iorquino. Max iria para o acampamento diurno até a data da partida, e lá poderia fazer tantos projetos artísticos quanto quisesse.

Enquanto Max comia o biscoito e o restante do picolé de uva escorria copiosamente do queixo dele para a camiseta, Olympia colocou o copo sobre a mesa, olhando para o último item da correspondência. Era um grande envelope bege que parecia ser um convite de casamento, e ela não conseguiu pensar em ninguém que conhecesse que pudesse estar se casando. Rasgou o envelope para abri-lo, e Max começou a cantarolar baixinho uma música que havia aprendido na escola no exato momento em que Olympia viu que não era um convite de casamento, mas um convite para um baile que aconteceria em dezembro, um baile muito especial. O baile oferecido às debutantes da elite, o mesmo no qual havia debutado aos 18 anos. Chamava-se The Arches, em homenagem ao nome e ao elegante design de Astor, a propriedade onde a festa originalmente acontecia. A propriedade desaparecera havia tempo, mas o nome fora mantido ao longo dos anos. Várias das famílias mais aristocráticas da cidade tinham organizado o evento no final do século XIX, quando o propósito do baile de debutantes era apresentar as moças à sociedade para que pudessem arrumar um marido. Nos 125 anos seguintes, o propósito tinha inevitavelmente mudado. As moças agora apareciam na "sociedade" muito antes de completarem 18 anos, e não eram mais mantidas reféns nas salas de aula. Hoje em dia, o baile não passava de um evento social animado e muito especial, um rito de passagem sem grandes significados ou intenções a não ser se divertir na chamada "alta sociedade", e uma ocasião para usar vestidos longos brancos em uma noite única. Podia se comparar a um casamento, e havia vários tipos de tradições arcaicas associadas ao evento — as mesuras feitas pelas meninas ao adentrarem o salão sob um arco de flores, a primeira dança oficial com o pai, sempre uma valsa solene e graciosa, assim como na época de Olympia e muito antes dela. Ser convidada para fazer o debute no The Arches era um momento excitante para uma moça, e uma lembrança a ser guardada com carinho pelo resto da vida, contanto que ninguém ficasse bêbado demais ou brigasse com seu acompanhante, ou ainda, que não ocorresse nenhum acidente terrível com o vestido antes da apresentação. Deixando os pequenos percalços de lado, era uma noite divertida e, embora assumidamente antiquada e elitista, não fazia mal a ninguém. Olympia guardava memórias carinhosas de seu debute, e sempre desejou que as filhas também tivessem o delas.

Ela mantinha o desejo em mente, e sabia que o evento não era nada importante em relação à realidade das coisas e aos acontecimentos do mundo, mas também tinha ciência do quanto poderia ser divertido para as meninas que participariam. Era algo inofensivo, ainda que supérfluo, na vida de uma garota. Ela também sabia que Chauncey esperava que as filhas seguissem a tradição, e que ele ficaria horrorizado se elas não fossem. Ao contrário de Olympia, e pelos motivos errados, ele acreditava que o baile de debutantes era *realmente* importante. Ela estava certa de que Veronica iria reclamar e de que Virginia ficaria tão animada que sairia para comprar o vestido assim que recebesse a notícia.

Ninguém mais esperava arrumar um marido em bailes de debutantes, embora às vezes, muito raramente, romances sérios se iniciassem nessa noite, levando ao casamento anos mais tarde. Contudo, a maioria das meninas ia acompanhada dos primos ou irmãos — ou meninos com quem tinham estudado. Pedir a um namorado que as acompanhasse com sete meses de antecedência era reconhecido como um convite ao desastre. Nessa idade, às vésperas de entrar na faculdade, os romances de junho, independentemente de sua intensidade e calor, normalmente não duravam até dezembro. O espírito do evento era guardar uma doce lembrança digna dos contos de fada para depois recordá-la com alegria e se divertir durante o baile. Olympia não se surpreendeu, mas também não deixou de ficar contente com o convite. Ela havia se distanciado tanto do cenário social nos últimos anos que chegou a pensar que talvez houvesse uma possibilidade de as gêmeas terem sido excluídas da lista. Ambas frequentavam a Spence, uma escola onde muitas garotas debutavam durante o inverno do primeiro ano da faculdade. Havia outras opções, é claro, e outros bailes de debutantes para meninas com sangue menos nobre. Mas o The Arches sempre fora considerado o de maior prestígio na sociedade nova-iorquina.

Vinte e sete anos antes, Olympia debutara nesse lugar, assim como sua mãe e ambas as avós muito antes dela, e as bisavós em tempos mais antigos. Era uma tradição que ela iria compartilhar com prazer com as meninas, independentemente do quanto o mundo, a sociedade, ou a vida dela haviam mudado no decorrer do tempo. Nos tempos atuais, as mulheres trabalhavam, as pessoas demoravam a se casar, e era perfeitamente aceitável permanecer solteiro. E, para Olympia, a escolha do parceiro nada tinha a ver com nobreza ou com a sociedade. Tudo que ela queria era que as filhas se casassem com homens inteligentes, de caráter sólido, confiáveis, e que as tratassem bem. De preferência, um homem como Harry, não como o pai delas. Agora, mais do que tudo, debutar era apenas uma desculpa para se arrumar, vestir luvas compridas e usar um belo vestido longo branco — geralmente o primeiro do tipo a ser usado pelas debutantes apresentadas. De fato, seria divertido ajudar Veronica e Virginia a escolher os vestidos, principalmente porque ela sabia que as escolhas seriam, como sempre, bastante diferentes. Ter filhas gêmeas debutando no The Arches seria duplamente divertido. Ela ficou sentada com o olhar sonhador fixo no convite e um sorriso suave nos lábios, perdida entre lembranças e nostalgia. Max a observava atentamente. Não era sempre que ele via a mãe daquele jeito. As memórias do debute de Olympia vieram à tona, fazendo com que ela se sentisse jovem novamente, e Max a fitava com interesse. Percebeu que a mãe estava pensando em algo que a deixava feliz.

— O que é isso, mamãe? — perguntou, enquanto limpava o suco de uva do queixo com as costas de uma das mãos, esfregando-a depois na calça jeans em vez de no guardanapo.

— É um convite para as suas irmãs — respondeu ela, guardando-o novamente no envelope, dizendo a si mesma para não se esquecer de pedir uma segunda via do convite ao comitê. Assim poderia começar a fazer um álbum individual para cada uma das meninas, como o dela, que estava guardado na estante da saleta no andar de cima. Um dia as meninas poderiam se divertir com o álbum e compartilhá-lo com as próprias filhas. Quando pequenas, as gêmeas costumavam olhar o dela. Virginia sempre dizia, quando tinha a mesma idade de Max, que sua mãe se parecia com uma princesa de contos de fadas.

— É um convite de aniversário? — Max a fitou, intrigado.

— Para um baile de debutantes. Uma grande festa onde as meninas usam um lindo vestido branco. — Suas palavras fizeram aquilo parecer mágico, como ser Cinderela por uma noite no baile. Na verdade, era isso mesmo.

— O que é debutar? — perguntou Max, confuso, diante do sorriso da mãe.

— Boa pergunta. Na realidade, você não debuta em nada. As garotas antigamente debutavam para encontrar um marido. Hoje em dia, é apenas uma festa onde elas se divertem.

— Ginny e Ver vão se casar? — Max parecia preocupado. Sabia que as irmãs estavam indo para a faculdade, mas casamento soava como algo muito mais sério para ele.

— Não, querido. Elas só vão se arrumar para irem a uma festa. Papai e eu vamos assistir. Elas dançarão com o papai e com o pai delas. A vovó Frieda também irá, e depois todos nós voltaremos para casa.

— Isso parece chato — disse ele com convicção. Para Max, festas de aniversário eram mais divertidas. — Eu tenho que ir?

— Não, meu bem. Só os adultos.

De fato, seguindo as tradições do evento, ninguém mais jovem do que as debutantes poderia comparecer. A presença de irmãos e irmãs mais novos não era permitida. Olympia desconfiava de que uma das duas filhas fosse querer Charlie como acompanhante, e não tinha a menor ideia de qual seria a escolha da outra gêmea. Provavelmente, um dos amigos. Isso ficaria a cargo delas. Seu palpite era de que Veronica se apoderaria de Charlie e Ginny chamaria um amigo. De qualquer maneira, tinham quatro semanas para responder ao convite, mas não precisavam esperar. Ela enviaria o cheque na semana seguinte. A taxa de participação era irrisória e seria doada para uma instituição de caridade específica, que se beneficiaria do evento. Era impossível pagar para participar do baile. Não se tratava de dinheiro, mas sim de ser convidada devido ao legado da família, como era o caso de suas filhas, ou em consequência da descendência nobre ou contato com pessoas influentes, o que também era o caso delas, embora Olympia nunca tirasse proveito da posição social de sua família na sociedade. Para eles, isso era apenas um fato, algo que sempre estivera presente na história de suas vidas. Ela nunca pensava nisso. Tinha muito mais orgulho da própria família e de suas conquistas do que da linhagem de sua ascendência.

Max subiu para brincar no quarto. Harry telefonou para avisar que chegaria tarde em casa. Ele tinha uma conferência com outros dois juízes após a sessão do tribunal daquela tarde, e Olympia não teve oportunidade de contar sobre o convite. Ela lhe contaria à noite, quando falasse com as meninas, afinal, não era tão importante assim. Depois do telefonema, ela se apressou em levar Max ao treino de futebol. Na volta, pararam para fazer compras, e ambas as meninas já estavam em casa quando os dois chegaram. As gêmeas estavam com pressa de sair, cada uma com seus respectivos amigos. Harry chegou em casa mais tarde do que havia esperado e, enquanto Olympia preparava o jantar e as meninas passavam voando em direção à porta, Max disse que não se sentia bem e, então, de repente, vomitou.

Eram 21h30 quando ela o colocou na cama, e ele adormeceu após vomitar mais duas vezes. Harry disse que estava exausto e Olympia guardou o jantar na geladeira, aconchegando-se junto a ele no sofá do escritório. Ela havia trocado de roupa duas vezes e lavado o cabelo. Estava cansada, enquanto Harry franzia o cenho diante da montanha de papéis que havia trazido do trabalho para ler no fim de semana. Ele olhou para ela com um sorriso afetuoso, contente por vê-la e ter um momento de paz após uma noite caótica.

— Bem-vindo à vida real. — Olympia esboçou um sorriso de pesar. — Desculpe pelo jantar.

— Eu nem estava com fome. Quer que prepare alguma coisa para você? — ofereceu ele, generosamente.

Harry gostava de cozinhar, e era um chefe de cozinha bem mais criativo do que ela. As suas especialidades eram omeletes e comida tailandesa, e ele estava sempre disposto a ir para o fogão se necessário. Especialmente se ela ficava presa no escritório durante a semana, o que era raro, ou então na eventualidade de uma crise com as crianças, como o mal-estar de Max naquela noite. Uma babá vinha tomar conta de Max quando Olympia estava no escritório, e ela e Harry sempre faziam o possível para sair do escritório e vir direto para casa nesses dias.

Ela meneou a cabeça. Também não estava com fome.

— Max está bem?

— Acho que sim. Ele correu como um louco hoje no futebol, e levou algumas pancadas na barriga. Foi isso, ou então ele pegou um vírus. Espero que as meninas não fiquem doentes.

Eles estavam acostumados com esse tipo de coisa. Com quatro filhos em casa — ou três como agora —, os vírus se espalhavam como fogo na floresta, até mesmo para eles. Havia anos que lidavam com isso. No início, Harry ficava atordoado, mas já se acostumara havia muito tempo.

Na manhã seguinte, Max ainda estava doente e com um pouco de febre, o que indicava que era mais provável ser uma gripe do que o resultado da exaustão causada pelo futebol. Olympia saiu para alugar alguns vídeos para o filho, enquanto Harry lhe fazia companhia, e Max dormiu durante toda a tarde. As meninas ficaram fora de casa durante a maior parte do fim de semana, e Ginny foi dormir na casa de uma amiga.

Elas estavam na reta final, nas últimas semanas do ensino médio, e diversão era o que não faltava.

Foi somente no domingo à noite que a família toda se encontrou em casa. Max se sentia melhor, e todos se reuniram ao redor da mesa da cozinha. Harry e Veronica jogavam cartas com Max, Ginny lia uma revista, e Olympia preparava o jantar. Ela adorava ver a família reunida perto dela enquanto cozinhava. Esse fora o motivo de terem construído uma cozinha grande e aconchegante. Estava tirando dois frangos do forno quando, pela primeira vez em dois dias, lembrou-se do convite que chegara na sexta-feira. Dirigiu o olhar à mesa e contou a novidade a todos.

— Meninas, vocês foram convidadas para debutar no The Arches — disse, casualmente, retirando um tabuleiro repleto de batatas do forno e depositando-o sobre o balcão da cozinha.

Veronica olhou para a mãe. Ela sabia o que era o The Arches, e já ouvira várias amigas comentarem sobre o baile naquela semana. Todos os convites haviam sido entregues pelo correio, e todas as convidadas a debutar já estavam a par do fato.

— Que estupidez! — disse com uma expressão de desgosto, enquanto distribuía mais uma rodada de cartas para Max e Harry. Até aquele momento, Max era o vencedor do jogo, o que o deixava muito satisfeito. Ele adorava derrotar os pais e as irmãs.

— O que foi que você acabou de dizer, mãe? — perguntou Ginny, erguendo o olhar com uma expressão de interesse.

Ambas eram louras e tinham deslumbrantes olhos azuis. Levemente maquiada, Ginny estava com os longos cabelos soltos, deslizando sobre os ombros como uma cascata. Veronica estava de trança, e não usava nenhuma maquiagem. Ela não sentia necessidade de se maquiar quando jogava baralho com o padrasto e o irmão. Na verdade, ela raramente usava maquiagem. As duas eram idênticas, embora os estilos fossem perceptivelmente diferentes. Isso sempre ajudara a identificar quem era quem ao longo dos anos, o que Harry considerava útil. Caso se vestissem de forma idêntica e usassem o mesmo penteado, ele estaria em apuros. Na realidade, tirando as pistas fornecidas pelas roupas, pela maquiagem e pelos penteados, somente Olympia era capaz de distinguir uma da outra. Até mesmo Max se confundia às vezes, o que era motivo de gozação.

— Eu disse que as duas foram convidadas para debutar no The Arches em dezembro. Os convites chegaram esta semana.

Olympia parecia estar contente por ambas enquanto passava manteiga nas batatas e cortava o frango. Ela já havia preparado a salada.

— Você não está esperando que a gente participe, está? — O olhar de Veronica era de reprovação diante da mãe, que assentiu enquanto Virginia exibia um sorriso de orelha a orelha.

— Que legal, mãe! Eu tinha receio de que não fossem nos convidar. Todas as participantes da escola receberam os convites no início da semana.

O pai das gêmeas havia comentado acidamente, anos atrás, que a conversão da mãe ao judaísmo talvez as excluísse do evento.

— O convite de vocês chegou na sexta-feira. Esqueci de contar antes porque Max ficou doente — comentou Olympia.

— Quando podemos ir fazer compras? — perguntou Ginny, como era esperado, enquanto a mãe se virava para ela com um sorriso, sendo interrompida por Veronica.

— Compras? Está louca?! — Veronica se levantou num pulo e encarou a irmã com uma expressão de afronta. — Você está me dizendo que vai participar dessa farsa elitista discriminadora? Pelo amor de Deus, Ginny, pare de pensar nas suas revistas de cinema por cinco minutos. Eles não estão pedindo para você ser rainha por um dia, ou concedendo um prêmio. Estão pedindo para você discriminar quem não é da elite branca protestante, e pagar mico numa inútil, arcaica e sexista tradição sem importância.

Ela estava de pé e seus olhos pareciam soltar faísca, enquanto a mãe e a irmã a fitavam, perplexas. Olympia tinha esperado alguns resmungos, jamais uma reação tão insana.

— Não seja radical. Ninguém está pedindo para você se juntar ao movimento fascista, Veronica. É apenas uma festa de debutantes.

— Qual é a diferença? Garotas afro-americanas frequentam o The Arches? E quanto às meninas judias? E que tal as hispânicas ou as asiáticas? Como você pode ser tão hipócrita, mãe? Você é judia, casada com o Harry. Se nos obrigar a isso, vai ser como dar um tapa na cara dele.

Veronica estava fora de si e completamente indignada, e Virginia parecia prestes a chorar.

— Ora, Veronica, ninguém está dando um tapa na cara do Harry. É apenas um baile de debutantes perfeitamente inofensivo, em que vocês duas usam um lindo vestido branco, fazem as suas mesuras e se divertem. E eu não tenho a menor ideia de quem são as outras debutantes, ou de qual é a raça delas. Há anos que não vou a um baile desse tipo.

— Não diga tolices, mãe. Você sabe que é um evento estritamente elitista, cuja intenção é excluir os outros. Ninguém em sã consciência deveria participar, e eu não vou. Não estou nem aí para o que você diz e para o que a Ginny faz, eu não vou. — Veronica estava ensandecida e Virginia começou a chorar.

— Calma — disse Olympia em voz baixa, mas com firmeza, ligeiramente irritada com a reação radical da filha. Harry observava as três com uma expressão de perplexidade no rosto.

— Posso perguntar do que estamos falando? Pelo que entendi, as meninas foram convidadas para um evento patrocinado pelo Grande Mestre da Ku Klux Klan, e Veronica decidiu recusar.

— Exatamente — respondeu Veronica, andando de um lado a outro na cozinha, furiosa, enquanto Ginny olhava para a mãe, horrorizada.

— Você está querendo dizer que não podemos ir? — perguntou Ginny, em pânico. — Mamãe, não a deixe estragar tudo... *todas* as garotas irão. Duas meninas já compraram vestidos na Saks neste fim de semana. — Ela estava obviamente apavorada com a ideia de se atrasar nos preparativos.

— Relaxem, as duas — disse Olympia ao servir o jantar, passando um lenço de papel para Virginia e tentando demonstrar uma calma que estava longe de sentir. Ela não esperava que a reação das meninas fosse tão oposta. — Vamos conversar. Não é uma reunião da Ku Klux Klan, pelo amor de Deus, Veronica. É uma festa de debutantes. Eu tive a minha, assim como as suas avós e bisavós. E tenho certeza de que você vai se divertir com a sua irmã se participar.

— Prefiro *morrer*! — vociferou Veronica.

— Mãe, eu *quero* ir! — exclamou Ginny, chorando ainda mais, levantando-se num salto.

— *Queria*! — gritou Veronica para a irmã, com lágrimas transbordando dos olhos também. — Essa é a ideia mais imbecil que já ouvi. É um insulto. Faz a gente parecer umas babacas esnobes e racistas! Prefiro ir a um protesto pacifista, ou cavar valas em Appalachia, na Nicarágua, ou em qualquer lugar, do que pôr um vestido branco ridículo e me exibir para um bando de pessoas esnobes e tolas, donas de ideias políticas completamente doentias! Mãe — disse ao se virar para Olympia com um olhar implacável —, eu não vou! Você pode fazer o que quiser comigo. Não vou! — Então ela se virou para a irmã, com uma expressão de profundo ultraje e desgosto no rosto. — E, se você quer ir, francamente, acho que é *doente*! —

Ao dizer isso, saiu enfurecida. Alguns segundos depois, todos ouviram a porta do quarto bater, enquanto Ginny permanecia no meio da cozinha, soluçando.

— Ela sempre faz isso! Você não pode permitir, mãe! Ela sempre estraga *tudo*!

— Ela não estragou nada. Vocês duas estão reagindo de forma exagerada. Por que não deixamos o assunto esfriar por um dia ou dois e depois voltamos a conversar? Ela vai se acalmar. Deixe-a em paz.

— Ela *não* vai se acalmar — afirmou Ginny, angustiada. — Veronica é uma *comunista*, e eu a odeio! — E ela saiu correndo da cozinha, em lágrimas.

Um momento depois, ouviram a porta do quarto dela bater também. Harry olhou para a esposa do outro lado da mesa, totalmente consternado.

— Posso perguntar o que está acontecendo? O que é The Arches, pelo amor de Deus, e o que deu nas meninas?

As duas irmãs pareciam ter enlouquecido. Max atacou a batata assada e balançou a cabeça, calmamente.

— A mamãe quer arrumar um marido para elas — disse ele com simplicidade —, e eu acho que elas não querem. Talvez a Ginny queira porque ela gosta mais de meninos do que a Ver. Para mim, a Ver não quer se casar. Certo, mamãe?

— Não... sim... não, é claro que não. — Olympia se sentou, demonstrando agitação ao olhar para os dois. — Antigamente, tinha a ver com arrumar um marido, mas hoje não é mais assim — explicou ela novamente a Max e então, afastando uma mecha de cabelo dos olhos, fitou Harry.

A cozinha de repente pareceu quente demais. A noite estava mais abafada do que ela havia esperado. Estava visivelmente preocupada com as filhas. Ela olhou para Harry, tentando aparentar mais calma do que sentia.

— As meninas foram convidadas para o The Arches. O convite chegou na sexta-feira. Achei que fosse algo divertido para elas. Eu debutei lá e, sinceramente, Harry, não é grande coisa.

— Desculpe, mas estou totalmente por fora. Os únicos arcos que conheço são os do McDonald's. Por que estamos discutindo a respeito de debutar no McDonald's? Algo me diz que eu perdi algum fato importante aqui.

— O The Arches é um salão de baile de debutantes. É o mais antigo e respeitado da cidade. Nos importantes círculos sociais, é um grande evento. Era muito mais importante quando eu tinha a idade delas. Foi onde a minha mãe, as minhas avós e as minhas bisavós debutaram. Hoje em dia, é somente uma bela festa, além de uma antiga tradição. Participar não faz mal algum. As garotas usam lindos vestidos e valsam com o pai. Veronica está tentando transformar a festa num evento político. Não é isso. É apenas uma festa, pelo amor de Deus, e como você percebeu, Ginny quer participar.

— É possível se inscrever nesse baile? — perguntou Harry com um ar cauteloso.

— Não, a debutante tem de ser convidada. As garotas foram convidadas porque fazem parte de uma família tradicional — respondeu ela, sem rodeios.

— Isso exclui pessoas de outras raças e religiões? — Foram as exatas palavras de Harry.

Dessa vez, Olympia hesitou um pouco antes de responder, e Max conseguiu terminar de comer a batata, enquanto observava os pais com interesse. A manteiga pingava por toda a sua roupa, porém, ele parecia totalmente indiferente a isso.

— Provavelmente. Costumava excluir. Não sei quais são as regras hoje em dia.

— Julgando pela reação da Veronica, ela parece saber mais do que você. Se o que ela diz é verdade, e meninas negras, asiáticas ou hispânicas não podem participar, então concordo com ela. E imagino que meninas judias também fiquem de fora da lista.

— Pelo amor de Deus, Harry. Sim, é um evento especial que vem sendo organizado há anos. É antiquado, é tradicional, é elitista, assim como a Lista de Famílias da Alta Sociedade ou os clubes, Deus do céu! E os clubes que não aceitam mulheres?

— Eu não pertenço a nenhum deles — respondeu Harry de forma sucinta. — Eu sou juiz da Corte de Apelações, não posso ter o luxo de me aliar a qualquer organização discriminatória, e aparentemente essa é uma delas. Você sabe a minha opinião a respeito de coisas desse tipo. Você acha que, se tivéssemos uma filha, eles a convidariam caso soubessem que você agora é judia?

Era uma pergunta interessante, mas as gêmeas não eram judias, elas descendiam de duas famílias poderosas, conhecidas e aristocráticas, que faziam parte da elite branca protestante. E ela e Harry não tinham uma filha. A questão era irrelevante para eles. Ela não tinha dúvidas de que Chauncey esperava que as filhas debutassem, e que ele ficaria horrorizado caso isso não acontecesse. E embora fosse muito mais liberal do que o ex-marido ou sua nova esposa, ela ainda considerava a tradição inofensiva. Achava que Harry estava exagerando, assim como as meninas.

— Eu compreendo a posição discriminatória. A intenção não é magoar as pessoas, mas proporcionar uma noite divertida às meninas. É como ser Cinderela. Elas usam um vestido branco e bonito, e o baile termina à meia-noite. Isso é tão terrível, tão errado? Por que é tão importante?

— Porque exclui outras pessoas. A Alemanha nazista foi fundada em princípios semelhantes. É uma festa elitista ariana, onde as meninas que serão apresentadas são presumivelmente brancas. Talvez haja uma ou outra judia, só para constar, mas o conceito em si é errado, os princípios são errados. Os judeus têm sido discriminados por milhares de anos. Eu não apoio a sustentação dessa tradição. Se esse fosse um evento politicamente correto, todos poderiam se inscrever se quisessem.

— Se isso fosse verdade, clubes não existiriam. Escolas particulares não existiriam. Tudo bem, você pode achar que esse é um clube para a elite, onde as filhas debutam. Eu só não consigo ver por que isso seria uma questão política. Por que não pode ser apenas uma noite divertida para as meninas e só?

— A minha mãe é uma sobrevivente do Holocausto — disse ele de maneira funesta. — Você sabe disso. E o meu pai também era. As famílias dos dois foram exterminadas por pessoas que odiavam os judeus. Pelo que entendi, as pessoas que organizam essa festa são racistas. Isso vai contra tudo que defendo e acredito. Não pretendo me envolver num evento como esse.

Harry falava como se Olympia tivesse acabado de pintar uma suástica na parede da cozinha. Ele parecia horrorizado, e Max observava, subitamente aborrecido.

— Harry, por favor, não exagere. É uma festa de debutantes, só isso.

— Veronica está certa — disse ele em voz baixa e se levantou.

Harry não tinha sequer tocado no jantar. Olympia não cortara a carne para Max, que já estava na segunda batata. Ele estava com fome. E os adultos eram confusos.

— Não acho que as meninas devam participar dessa festa — afirmou Harry —, independentemente de você ter participado ou não. O meu voto vai para Veronica. E qualquer que seja a sua decisão, não conte por um instante com a minha presença.

Ao dizer isso, ele atirou o guardanapo sobre a mesa e saiu da cozinha, seguido pelo olhar de Max, que se virou para a mãe com um ar de preocupação.

— Parece que essa festa não é uma boa ideia — concluiu ele com tristeza. — Todo mundo ficou bravo.

— Sim, ficou. — Olympia suspirou, recostando-se na cadeira e olhando para ele. — É só uma festa, meu querido, só isso. — Max foi o único que restou para ouvir a explicação, e tinha apenas 5 anos.

— Eles vão fazer coisas ruins com os judeus na festa? — perguntou o menino, parecendo preocupado.

A avó havia lhe contado que as pessoas chamadas de "nazistas" tinham feito coisas terríveis, embora ele não soubesse os detalhes. Sabia que fora contra os judeus, e que os pais dele eram judeus, assim como a sua avó e vários amiguinhos da escola.

— É claro que ninguém vai fazer nada de ruim contra os judeus — respondeu Olympia, horrorizada. — O papai só está chateado. Ninguém vai fazer nada contra os judeus.

— Está bem. — Max pareceu um pouco mais tranquilo. — Mas eu acho que a Ginny e a Ver não vão à festa, não é? Acho que a Ginny queria um vestido novo.

— Sim, queria. Não sei se elas vão ou não, mas acho que deveriam.

— Mesmo que você não arrume maridos para elas? — perguntou ele, interessado.

— Mesmo que as duas não arrumem marido — respondeu Olympia num tom pesaroso. — Não queremos encontrar maridos para elas, meu amor. Tudo que queremos é um par de vestidos brancos e que elas dancem com alguns meninos.

— Não acho que o papai vai. — Max balançou a cabeça, enquanto a mãe cortava o frango para ele.

Eles eram os únicos à mesa, e Olympia não tinha vontade de comer. Ela sabia que o pai das gêmeas teria um ataque se as filhas não debutassem. Politicamente, Chauncey estava no extremo oposto de Harry. A vida antiga de Olympia não tinha absolutamente nada em comum com a atual. Ela era a ponte entre Harry e Chauncey.

— Espero que o papai vá — disse num fio de voz para o filho. — É divertido.

— Para mim, não parece divertido. — Max meneou a cabeça solenemente. — Não acho que a Ginny e a Ver devam ir à festa. — Ele olhou para a mãe com os olhos arregalados. — Acho que é melhor elas ficarem em casa.

Dada a reação de cada um naquela noite, era o que começava a parecer para ela também.

Capítulo 2

No dia seguinte, Olympia telefonou do escritório para o ex-marido, explicando a situação. Contou a ele que Virginia queria debutar, que Veronica se opunha e que, infelizmente, ela acreditava que a situação talvez não fosse mudar. Houvera mais uma discussão explosiva durante o café da manhã, antes de as meninas irem para a escola. Veronica estava ameaçando se mudar para a casa da avó Frieda caso a mãe não a liberasse da obrigação de ir ao baile, e Harry tinha demonstrado seu apoio. Ele havia incendiado ainda mais a discussão ao dizer que acreditava que nenhuma das gêmeas deveria debutar, e Ginny fora para a escola em lágrimas, dizendo que o odiava. Da noite para o dia, uma guerra civil eclodira na família. Virginia havia telefonado para o irmão na noite anterior e, embora ele simpatizasse com a objeção de Veronica, ficou do lado de Ginny e de Olympia, dizendo que achava que ambas as irmãs deveriam debutar. Afinal, todas as primas de Newport tinham debutado, e como Olympia, ele sabia que o pai ficaria muito aborrecido caso as gêmeas não fossem. E Harry ficaria aborrecido se elas fossem. De uma maneira ou de outra, todos ficariam descontentes com alguma coisa. Olympia e Harry não tinham nem mesmo se falado antes de saírem para o trabalho, o que era raro. Eles dificilmente discutiam. Mas, dessa vez, estavam em lados opostos na linha de batalha.

E, como era previsível, Chauncey nada fez para que as coisas melhorassem. Pelo contrário.

— Que lar de baderneiros de esquerda é esse que você comanda, Olympia, a ponto de Veronica achar que debutar tem a ver com a perseguição das massas? Para mim, parece que vocês são um bando de comunistas. — Era exatamente o que Olympia esperava que ele dissesse.

— Pelo amor de Deus, Chauncey, as meninas são jovens, esse tipo de coisa mexe com elas. Veronica sempre teve ideias políticas radicais. Ela é a líder dos injustiçados e acha que é uma combinação de Madre Teresa e Che Guevara. Ela mudará com o tempo. É a maneira de ela se expressar. Daqui a sete meses, eu acredito que ela se acalmará e concordará em ir ao baile, se nós não fizermos muito alarde sobre isso agora. Se fizermos, ela baterá o pé. Portanto, sejamos razoáveis, por favor.

Alguém tinha de ser. E tudo indicava que não seria Chauncey, o que não era surpresa para ela.

— Bem, deixe-me dizer qual é o meu posicionamento quanto a isso, Olympia. — Ele soava incrivelmente arrogante e altivo, o que era típico nele. — Não vou tolerar uma filha revolucionária, e eu penso que devíamos cortar o mal pela raiz agora. Era o que você deveria ter feito há muito tempo, caso tivesse percebido o rumo que ela estava tomando. Não vou tolerar essa droga de comunismo de nenhum de vocês, se é que está me entendendo. Se Veronica decidir que debutar no The Arches é politicamente de direita, então não vou pagar a anuidade dela na Brown no ano que vem. Ela pode ir cavar fossos na Nicarágua, em El Salvador, ou em qualquer lugar que lhe seja conveniente, e ver se gosta da vida de ativista radical. E, se ela não tomar cuidado, vai acabar na cadeia.

— Ela não vai para a cadeia, Chauncey — replicou Olympia, exasperada.

Chauncey representava o lado oposto das ideias e dos objetivos da filha, e possivelmente o motivo de Veronica ser tão radical. Não havia ninguém mais esnobe que Chauncey e a esposa em todo o planeta. Eles acreditavam que todo mundo tinha cavalos para jogar polo, ou então que deveriam ter, e que ninguém mais existia, a não ser aqueles que constavam na Lista de Famílias da Alta Sociedade. Olympia não gostava do ponto de vista dele. E, se tivesse que escolher uma das ideologias, seria a de Harry, mas este também estava agindo como um tolo.

— Veronica tem uma forte consciência social. Temos apenas que esperar que ela se acalme, e, quando isso acontecer, ela verá que ninguém será prejudicado. É simplesmente uma noite para que elas se divirtam. Por favor, não vá discutir com ela. E, se você ameaçar não pagar a anuidade, ela se achará no direito de fazer alguma coisa ridícula e decidir que não vai mais estudar.

— Isso é o que acontece com quem se casa com um judeu radical. — As palavras de Chauncey ecoaram como tiros, e Olympia permaneceu sentada, inerte. Ela não conseguia acreditar que o ex-marido tinha a audácia de dizer algo assim. Queria estrangulá-lo.

— O que foi que você acabou de dizer? — perguntou com frieza.

— Você ouviu o que eu disse. — retrucou ele, num tom aristocrático e cortante.

Ele agia de forma tão arrogante que parecia estar num filme dos anos 1930. Ninguém mais falava daquele jeito, em qualquer nível da sociedade, apenas Chauncey e Felicia, e um punhado de esnobes como eles.

— *Nunca* mais diga isso para mim. Você não serve para limpar o chão que Harry pisa. Não me surpreende que Veronica aja de forma tão irracional em relação a isso, tendo um exemplo como você. Meu Deus, você alguma vez se deu o trabalho de perceber que existe um mundo com outras pessoas lá fora, que não possuem cavalos de polo e não são idiotas como você?

Chauncey não tinha um emprego de verdade havia vinte anos. Primeiro ele fora sustentado pela avó, depois vivera de sua herança. Olympia suspeitava de que agora viviam dos fundos de Felicia também. Eram um bando de inúteis que nunca haviam feito nada pela humanidade e nunca fariam. Talvez Veronica estivesse tentando expiar os pecados da indiferença dos dois em relação ao restante da raça humana.

— Você perdeu a razão quando se converteu ao judaísmo, Olympia. Nunca entendi como foi capaz. Você é uma Crawford, pelo amor de Deus!

— Não, eu sou uma Rubinstein — retrucou ela com clareza. — E amo o meu marido. A minha conversão era importante para ele. E isso não é da sua conta. Minha religião é assunto meu, não seu.

Estava furiosa com ele. Chauncey era precisamente o tipo de racista descrito por Harry, o motivo de ele não querer ir ao baile.

— Você traiu todo o legado da sua família só para agradar um leninista. — Chauncey se manteve firme em suas opiniões.

— Você não sabe o que está falando. O que estamos discutindo aqui é a presença das nossas filhas numa festa, não a nossa opinião política. Deixe Lenin comigo. O problema é Veronica, não Harry.

— Para mim os dois são farinha do mesmo saco. — De fato, naquele momento eles eram mesmo, mas ela jamais iria admitir isso.

Primeiro tinha de fazer com que Veronica se acalmasse, depois lidaria com Harry. Seu marido era um homem sensato, e Olympia tinha certeza de que ele acabaria mudando de opinião. Já com Chauncey a história era outra. Ele se agarrava a qualquer oportunidade que surgisse para ser irritante, ignorante e provocativo. E Felicia era ainda mais tola que ele. Olympia não conseguia sequer imaginar como fora capaz de se casar com ele, mesmo aos 22 anos. Aos 44, ela preferia ter sua cabeça decepada a ficar casada com Chauncey por dez minutos que fosse. Falar com ele a levava à loucura.

— Não quero que você ameace Veronica sobre a anuidade. Se fizer isso, ela vai fazer algo ainda pior. Vamos nos ater à festa e deixar de lado anuidades e estudos. Você não pode fazer isso com as meninas. Eu o processarei se for necessário.

Chauncey tinha a obrigação de financiar os estudos das filhas, embora Olympia soubesse que ele era capaz de cometer a estupidez de não pagar a anuidade somente para fazer valer a sua opinião, apesar das consequências.

— Faça isso, Olympia, me processe. Eu não dou a mínima. Se você não der meu recado a Veronica, eu mesmo darei. Aliás, só para garantir que ela não cometa nenhuma estupidez, pode dizer que não vou pagar a anuidade de nenhuma das duas a menos que ambas debutem na época do Natal. Veronica não vai querer estragar as coisas para Ginny, e, se ela não concordar em debutar, será obrigada. Não me importo se você me mandar para a cadeia. Eu não vou pagar nenhum tostão para nenhuma das duas, a não ser que ambas debutem. Algeme ou dope Veronica se for necessário, mas ela *vai* debutar no The Arches. — Ele era tão teimoso quanto a filha.

Chauncey estava transformando a questão numa verdadeira guerra. Todos estavam descontrolados, e tudo por causa de um baile de debutantes.

— Não é justo fazer isso com Virginia. Isso é chantagem, Chauncey. A pobrezinha já está totalmente abalada por causa da posição da irmã. Ginny quer ir ao baile, a atitude irracional de Veronica não é culpa dela. Não seja irracional também.

— Eu estou usando Virginia como refém para fazer com que Veronica volte a si. — E estava fazendo Olympia refém também.

Ela não tinha a menor intenção de processá-lo para pagar a anuidade. As meninas a odiariam por isso; Veronica ficaria ainda mais indignada, e ela estava certa de que até mesmo Charlie ficaria chateado. Não era uma ameaça vazia da parte de Chauncey, além de ser completamente absurda. Ela sabia que o ex-marido era tolo o suficiente para continuar agindo daquela maneira até o fim.

— Ah, por favor, Chauncey, isso não é coisa que se faça. É só uma festa, não vale a pena começar uma guerra entre duas famílias e não pagar a faculdade das meninas.

Sem mencionar o fato de que, se pagasse as anuidades das meninas sozinha e mais a parte que lhe cabia da escola de Charlie, seus gastos ficariam pesados demais, o que enfureceria Harry ainda mais. Eles poderiam, obviamente, arcar com as anuidades de ambas, mas as despesas dos filhos de Chauncey eram responsabilidade dele. E punir Ginny pela postura de Veronica, na sua opinião, era repulsivo. Mas aquele era Chauncey, sempre manipulador ao extremo. Ela o odiava por isso. Ele sempre a pressionava por algum motivo, e agora era exatamente isso que ele estava fazendo, e tudo por causa da festa de debutantes. Aquilo estava começando a parecer loucura para ela.

— Não vou aceitar que uma das minhas filhas não debute. Pense no constrangimento que isso vai causar, Olympia.

— Há coisas piores — replicou ela, mal-humorada.

43

Mas era óbvio que para Chauncey não havia. Não debutar era algo pior do que a morte para ele. Olympia queria que as garotas se divertissem, mesmo que isso parecesse tolo, mas não estava disposta a ameaçá-las caso não quisessem participar. Não iria forçar Veronica se ela realmente se recusasse a ir, e Virginia poderia ir ao baile, com ou sem a irmã. A tática de Chauncey, de usá-la como refém, era radical e injusta demais para todos, incluindo ela.

— Não consigo imaginar nada mais humilhante, e não vou me deixar intimidar por Veronica. Dê a ela o meu recado, Olympia.

— Por que não diz você mesmo? — indagou ela, cansada de intermediar a situação. Isso só deixaria Veronica ainda mais irritada com a mãe. Se Chauncey queria de fato ameaçá-la, ele então que fizesse isso.

— E vou — disse ele, furioso. — Não sei como você criou essas meninas. Pelo menos Ginny tem algum bom-senso.

— Eu penso que precisamos deixar que as coisas se acalmem — repetiu Olympia de forma sensata. — Podemos lidar com isso em setembro ou depois. Vou inscrever as duas e enviar o cheque.

De qualquer modo, era uma quantia insignificante. A questão não tinha a ver com a capacidade de pagar ou não, mas com a cor do sangue em suas veias. Qualquer cor além do azul era inaceitável.

— Veronica não precisa saber que foi inscrita. Podemos dizer que decidiremos no outono, e deixar o assunto de lado durante o verão.

— Não quero que reste nenhuma dúvida na cabeça dela de que vai debutar no próximo inverno. Faço questão de deixar isso bem claro.

— Tenho certeza disso — falou Olympia, imaginando a comoção que aquilo causaria.

Com a provocação e a ajuda do pai, Veronica iria transformar o assunto numa causa pública. Chauncey não tinha o menor tato com as pessoas, e nunca lidara bem com nenhuma das meninas ou com a ex-esposa. Ele possuía a sutileza de um elefante e valores que faziam até mesmo Olympia querer virar comunista, como ele dizia. Qualquer coisa, contanto que ficasse o mais longe possível dele.

— Se precisarem de fotos das meninas, eu posso mandar duas da Virginia.

Felizmente, como eram gêmeas idênticas, o comitê jamais perceberia a diferença.

— Eu e Ginny podemos comprar um vestido para ela. Por que você não deixa o assunto de lado, Chauncey. Resolverei as coisas daqui.

— É bom que resolva. Se ela não se render, eu me intrometo.

— Obrigada pela ajuda. — O tom dela era de sarcasmo, mas Chauncey não percebeu.

— Você quer que Felicia fale com ela?

Olympia quase grunhiu diante da sugestão. Felicia não era conhecida por seu tato, tampouco pela popularidade entre as gêmeas. Elas a toleravam por causa do pai, mas a consideravam irritante e tola. Olympia concordava.

— Não, obrigada. Eu lido com isso sozinha.

Ela conseguiu desligar antes de perder a cabeça, o que era um pequeno milagre. Todos os aspectos da personalidade de Chauncey faziam com que ela desejasse esganá-lo. Ainda estava furiosa com a conversa quando recebeu o telefonema da sogra naquela tarde. Olympia estava atolada de trabalho, preparando um caso para litígio, quando a secretária disse que tinha uma ligação da Sra. Rubinstein. Ela não tinha a menor ideia do que se tratava. Tudo que esperava é que não fosse a respeito do baile. Era pouco provável que Harry tivesse ido se queixar à mãe, mas tudo parecia possível no momento. A família inteira estava na ofensiva, de Newport a Nova York.

— Olá, Frieda — disse Olympia com uma voz cansada. Estava estressada com as questões familiares e o dia de trabalho parecia se prolongar. — Tudo bem?

— É o que quero saber. Veronica ligou e disse que estava com raiva de você e queria passar a noite na minha casa.

Olympia comprimiu os lábios. Ela não gostava da ideia de Veronica tentar fugir dos conflitos familiares, embora desse valor à proximidade entre as meninas e a mãe de Harry. Frieda era uma mulher gentil, afetuosa, sábia, com um coração de ouro, e amava os filhos de Olympia como se fossem seus.

— Queria checar com você o que devo fazer.

— Eu agradeço. Na verdade, acho que gostaria de tê-la por perto por alguns dias para resolvermos as coisas ou, pelo menos, até tudo se acalmar. Ela talvez pudesse ir para a sua casa no fim de semana com o Max, se você quiser que ele vá, claro.

— Tudo bem. Você sabe que adoro quando eles vêm me visitar. Quer que Ginny venha também?

— Para ser sincera, as meninas estão brigadas — respondeu Olympia com um suspiro.

— Por quê?

— Não vale a pena falar sobre algo tão estúpido, e é difícil explicar.

Frieda não lhe disse que Harry já havia explicado. Ele fora almoçar com ela, o que não era comum, e tinha desabafado. O ponto de vista dela era notavelmente diferente do dele, e ela não hesitara em dizê-lo. Tinha dito que ele estava criando muito caso, e que a festa parecia ser algo divertido. Não se sentia excluída por discriminação ou perseguição. E, quando Harry lhe dissera com sarcasmo que o evento era racista, ela o repreendera por estar sendo ridículo e exagerado. O The Arches não era diferente de nenhum outro clube. Era apenas um clube para moças protestantes. Ela chamara a atenção dele para o fato de que também não havia meninas irlandesas e católicas no Hasdassah, o clube que frequentava, e que ninguém tinha raiva delas por isso ou as boicotava. Todos os clubes tinham o direito de escolher quem podia entrar ou não, e ela estava certa de que seria uma experiência maravilhosa para as garotas. Era da opinião de que Veronica deveria participar, e tinha a intenção de lhe dizer isso se tivesse oportunidade. Harry dissera que ela era liberal demais para o gosto dele e, após o almoço, tinha ido embora zangado. Ele ainda estava aborrecido ao retornar ao escritório. Olympia não tivera notícias dele o dia inteiro.

— Sinto muito que Veronica a tenha importunado com isso — desculpou-se Olympia. — É uma tempestade num copo d'água, mas no momento todos estão de cabeça quente.

— Como posso ajudar? — ofereceu-se Frieda, querendo ser prática.

Ela era uma mulher maravilhosa e inteligente, que aparentava ser mais jovem do que era, sempre disposta a perdoar devido às experiências da infância. Ela raramente mencionava o assunto, mas Olympia sabia por Harry o quanto fora devastador e terrível para ela ter perdido a família inteira e sido torturada nos campos de concentração. Tivera pesadelos por vários anos e, o que era bastante sensato, fizera terapia. A postura de Frieda era extraordinária, e Olympia acima de tudo tinha muito carinho e respeito pela sogra. Sentia-se abençoada pelo parentesco que tinham.

— Não acho que você possa ajudar, Frieda. Todos estão resolutos em suas opiniões. É uma longa história, uma bobagem. As garotas foram convidadas a participar do mesmo baile em que debutei há anos. É uma tradição antiga, mas muito bonita para as meninas que desejam participar. Para pessoas tão tolas quanto Chauncey, é um pré-requisito para a vida real, o que não é o caso. É apenas uma bela noite de

Cinderela, encantadora, mas superficial. Até onde vejo, não faz mal algum. Acho que é elitista, mas para Harry é um evento neonazista. Veronica pensa que sou uma fascista. Chauncey acha que somos comunistas, e diz que não vai pagar a faculdade das meninas se ambas não debutarem, o que é injusto. Veronica ainda não sabe dessa parte, mas esta manhã ela estava se recusando a participar e ameaçando se mudar para a sua casa, já que os meus valores são tão terríveis. E Ginny está desesperada para ir ao baile. Harry disse que não vai, e age como se fosse se divorciar de mim. Charlie está bravo com Veronica. As meninas estão enfurecidas uma com a outra, e todos me odeiam. A única pessoa sã que resta na família é Max, que diz que debutar é uma confusão tão grande que é melhor as meninas ficarem em casa.

Ambas riram do sábio conselho do garoto.

— Eu não sei o que fazer. Todo esse tumulto não vale a pena, mas por pura nostalgia e um senso de tradição, adoraria que elas debutassem. Nunca imaginei que isso fosse se transformar numa questão tão importante para todos. Estou começando a me sentir um monstro por ter pedido que as meninas fossem. E Harry está furioso comigo. — Ela dava a impressão de estar profundamente infeliz ao explicar tudo para Frieda.

— Mande todo mundo passear — disse com sanidade a mulher mais velha. — Saia com Ginny para comprar um vestido para ela e outro para Veronica. Diga ao meu filho para se tocar. Os nazistas estão colocando fogo nas sinagogas da Alemanha, eles não têm tempo para vestidos longos e eventos black tie. — Era exatamente o que ela havia dito ao filho.

— Não preste atenção no que eles dizem. Veronica precisa esfriar a cabeça. Ela vai acabar indo. O que você vai vestir? — perguntou, interessada, e Olympia riu. Era a pergunta mais sensata que poderia ter feito.

— Uma camisa de força, se eles todos não se acalmarem.

Então um pensamento lhe ocorreu, e Olympia ficou imaginando como a sogra reagiria, considerando o que Harry havia dito.

— Frieda, você gostaria de ir?

— Está falando sério? — Ela pareceu surpresa. Pelo que Harry dissera sobre o evento ser antissemita, Frieda tinha pensado que isso não seria possível, e jamais esperaria ou pediria para ser convidada. Mesmo que tal suposição estivesse correta, ainda achava que as gêmeas deveriam debutar, com ou sem a sua presença. Ela era extremamente generosa quanto a impor sua opinião à nora, ao filho ou aos filhos deles. Era incrivelmente discreta, e tinha sido maravilhosa com Olympia desde o início, ao contrário de sua antiga sogra, que fora um monstro, além de ser arrogante como o filho. Em ambos os casos, quem tinha saído aos seus não degenerara.

— É claro que estou — tranquilizou-a Olympia, agradecida pelo apoio.

— Pensei que negros e judeus não pudessem ir — acrescentou Frieda, com cautela. Era o que Harry havia dito durante o almoço, e um dos motivos de ele estar tão preocupado.

— Isso não está escrito no convite, pelo amor de Deus.
— Embora no passado regras de exclusão subentendidas tivessem existido.

Mas ela presumia que tudo tivesse mudado. Havia anos que não ia a um baile de debutantes. O The Arches era o baile mais ilustre de todos, e o mais exclusivista. Porém, jamais teria passado por sua cabeça não convidar Frieda, independentemente da opinião dos outros ou dos padrões vigentes.

— Quem se importa com o que eles pensam? Você é parte da família e as meninas ficariam arrasadas se não estivesse presente. Assim como eu.

— Meu Deus... nunca pensei... nunca imaginei... Harry vai ficar furioso... Mas eu adoraria ir. O que devo vestir?

Olympia riu, aliviada. A sogra parecia animada.

— Vamos encontrar alguma coisa. Podemos ir às compras durante o outono. Vamos comprar algo bem grandioso.

Olympia de repente percebeu a importância daquilo tudo para a sogra, assim como para Ginny — e para Harry no sentido oposto. Aquilo representava tudo o que fora excluído e renegado a Frieda quando ela ainda era moça, e uma forma de vitória e validação para sua vida. Sua juventude não incluíra bailes ou festas, mas sim pobreza e trabalho escravo em fábricas. Saber que a nora desejava a sua presença em um evento como aquele era muito importante para ela, e por nada desse mundo Olympia a privaria disso. O quanto aquele convite significava podia ser percebido em sua voz.

— Tenho que achar algo de mangas compridas — disse suavemente, e Olympia compreendeu. Como sempre, ela queria cobrir a tatuagem que tinha no braço.

— Encontraremos o vestido perfeito, prometo — respondeu Olympia, gentilmente.

— Ótimo. Vou tentar convencer Veronica durante o fim de semana. Ela não pode ser a desmancha-prazeres da irmã. Cesar Chavez jamais vai ficar sabendo que ela foi, e vai ser mais divertido para a duas se ambas comparecerem. E diga ao meu filho para ele não ser tão chato. Na verdade, o que ele não quer é se vestir a rigor. E, caso ele não vá, nós nos divertiremos mesmo assim. Ainda falta muito para dezembro, e até lá todos estarão mais calmos. Não deixe que eles a aborreçam. — O tom de Frieda era amoroso, como sempre fora todas as vezes que Olympia tivera de lidar com ela durante seus 13 anos de casamento.

Olympia havia conquistado o amor e a lealdade da sogra para sempre ao se converter ao judaísmo. Ela era uma mulher fantástica, e Frieda disse que não havia nada de errado com um evento de debutantes exclusivista como aquele. Na verdade, ela estava muito animada para ir.

— Vou marcar no meu calendário que iremos às compras em setembro, época em que os vestidos de outono chegam às lojas. Estou pensando em algo como veludo preto. O que acha?

— Eu acho que você é a mulher mais maravilhosa que conheço — respondeu Olympia com lágrimas nos olhos. — Tenho sorte de conhecer você.

— Não pense no assunto. Tudo vai dar certo. Harry vai superar isso. Ele só está sendo tolo e exagerando.

Todos estavam.

— O que ele deveria fazer é deixar de lado seus princípios por uma noite, divertir-se, jantar e não tornar as coisas difíceis para você.

Olympia se sentiu melhor assim que desligaram. Mas, apesar das garantias reconfortantes da sogra, ainda parecia cansada e estressada. Eram quase 17h, e ela queria ir para casa e ver Max. Uma das sócias entrou no escritório cinco minutos depois e viu a expressão em seu rosto.

— Você está com a aparência de quem teve um dia divertido — disse Margaret Washington com um sorriso cansado.

O dia dela também havia sido duro, trabalhando na apelação de um processo sindical contra uma rede de fábricas que estava despejando lixo tóxico, e havia perdido. Ela era uma das melhores advogadas da firma. Frequentara Harvard, e em seguida a Faculdade de Direito de Yale. Ela era afro-americana, o que deixava Olympia pouco à vontade para explicar o problema que a afligia. Mas, depois de introduzir o assunto cuidadosamente por cinco minutos, ela finalmente contou. A reação de Margaret foi exatamente a mesma de Frieda.

— Ah, por Deus. Nós envenenamos o meio ambiente, vendemos cigarros e bebidas, metade da nação está viciada em drogas vendidas na esquina, isso sem mencionar as armas. Temos uma das maiores taxas de suicídio do mundo entre jovens com menos de 25 anos, nos envolvemos em guerras que não são da nossa conta a cada oportunidade que surge, o sistema social está à beira da falência, o país está mergulhado em dívidas. A maioria dos nossos políticos é desonesta, o sistema educacional está desmoronando, e você se sente culpada por um bando de crianças brincando de Cinderela em um baile exclusivista? Ora, por favor. Deixe-me lhe contar uma coisa: não há um só branco no bingo do Harlem que a minha mãe frequenta, e ela não se sente culpada por um minuto sequer. Harry sabe muito bem... Por que você não o manda ir protestar contra alguém? Não se trata do movimento jovem nazista, é só um grupo de meninas tolas vestidas de branco. Mas que inferno, se eu estivesse no seu lugar e tivesse uma filha, iria querer o mesmo. E também não me sentiria culpada. Diga a todo mundo para relaxar. Isso não me incomoda nem um pouco, e fique sabendo que boicotei tudo que você possa imaginar na faculdade e na escola de direito. Esse baile não me faria nem erguer a sobrancelha.

— Foi o que minha sogra disse. Já Harry disse que era um desrespeito a todos os membros da família que tinham morrido no Holocausto. Ele me fez me sentir a Eva Braun.

— A sua sogra me parece bem mais sensata. O que mais ela disse? — perguntou Margaret com interesse.

Ela era de uma beleza estonteante, alguns anos mais nova que Olympia, e trabalhara como modelo durante a faculdade. Tinha saído na *Harper's Bazaar* e na *Vogue*, o que ajudara a complementar a bolsa de estudos que recebia em Harvard.

— Ela quis saber o que eu achava de ela usar um vestido de veludo preto, e quando poderíamos ir às compras.

— Exatamente o que eu sinto. Que eles todos se danem, Ollie. Diga para sua filha revolucionária tomar jeito e para o seu marido desistir. Se o baile não está na mira das organizações que lutam pelos direitos civis, não precisa estar na dele. E o seu ex-marido parece ser um verdadeiro babaca.

— Ele é. Não perde uma oportunidade para provocar. Ele prefere ter uma filha na UTI do que uma que se recuse a debutar. A única coisa que desejo é que elas se divirtam, e façam a mesma coisa que fiz. Na minha época, não era nada demais, só algo que as pessoas faziam. Eu debutei nos anos 1970; nos 1960, todo mundo se recusou; nos 1940 e nos 1950, era obrigatório para quem quisesse arrumar um marido. Hoje tudo mudou, é só uma desculpa para usar um vestido branco e ir a uma festa. Só isso. Um evento de uma noite pela tradição e para o álbum de família. Não é uma caricatura de valores sociais.

— Acredite, isso nunca me tirou o sono quando eu era jovem, e eu conhecia meninas em Harvard que debutaram em Nova York e Boston. Certa vez, uma delas me convidou, mas não pude ir porque estava em Chicago trabalhando como modelo naquele fim de semana para pagar a faculdade.

— Espero que você venha — disse Olympia, generosamente, e Margaret sorriu.

— Eu adoraria ir.

Jamais havia remotamente passado pela cabeça de Olympia que a presença de Margaret pudesse causar rebuliço, nem lhe importava. Até então, havia convidado uma senhora judia e uma afro-americana, e ela própria era judia agora. Não estava nem um pouco preocupada se isso, por algum motivo, iria desagradar o comitê.

— Eu só espero que Harry também vá — disse com uma expressão triste no rosto. Odiava brigar com o marido.

— Se não for, azar o dele, e ele vai fazer um papelão. Dê tempo a ele para que desça do pedestal. O fato de a mãe dele aprovar e achar que as meninas devem ir certamente vai fazê-lo pensar melhor.

— Sim — concordou Olympia com um suspiro. — Agora tudo o que me resta a fazer é convencer as meninas. Ou pelo menos Veronica. Senão, ela e o Harry podem ir fazer piquete no evento. Talvez carregar placas dizendo para as mulheres não vestirem peles.

As duas riram, e meia hora depois, Olympia foi para casa. A atmosfera era hostil. Ninguém falou uma palavra durante o jantar, mas pelo menos dessa vez todos se sentaram e comeram. Quando foram se deitar, Harry já havia cedido um pouco. Ela não discutiu sobre o baile com ele nem com Veronica. Não tocou mais no assunto com nenhum dos dois até que, três dias depois, Veronica ficou furiosa ao receber uma carta do pai.

Chauncey havia escrito para ela, ameaçando não pagar a faculdade dela ou de Ginny, caso as duas não debutassem. Após ler a carta, ela ficou furiosa e esbravejou, indignada por ele estar fazendo chantagem. Olympia não teceu comentários sobre a carta, mas percebeu que as meninas fizeram as pazes depois disso. Veronica não disse que debutaria, mas tampouco disse que não iria. Ela não desejava que seus atos prejudicassem a irmã ou forçassem a mãe a pagar pelo curso inteiro. Estava furiosa com o pai e afirmou, deliberadamente, que os valores dele eram uma merda, que ele era um calhorda, e que tudo aquilo era uma estupidez.

Olympia enviou o cheque ao The Arches pagando pela participação das duas, garantindo que ambas estavam ansiosas pelo baile. Ela não discutiu mais sobre o assunto com Harry, e calculou que tinham tempo de sobra para isso até dezembro. Ele só se manifestou novamente mais tarde, numa noite em que Charlie veio de Dartmouth para passar o fim de semana e tocou no assunto. Harry disse apenas três palavras para os dois, que resumiam tudo.

— Eu não vou. — E então saiu da sala, deixando Olympia a sós com o filho mais velho.

— Tudo bem — murmurou Olympia, lembrando-se do que Frieda e Margaret Washington haviam dito. Tinha sete meses para fazê-lo mudar de ideia.

Charlie aceitou ser o acompanhante de Ginny no baile, embora ela recentemente tivesse conhecido um rapaz de quem gostava. Ela seguiu o conselho da mãe sobre não convidar alguém em quem estivesse romanticamente interessada. Muita coisa poderia mudar em sete meses. Olympia contava com isso. Ela ainda precisava convencer Harry e Veronica. Por enquanto, pelo menos, todos pareciam estar mais calmos.

Capítulo 3

Quando Charlie chegou de Dartmouth para passar o verão, a mãe percebeu que ele parecia calado demais. Ele estava indo bem no curso e jogando tênis na faculdade, tinha praticado hóquei no gelo durante todo o inverno e estava começando a aprender golfe. Visitou todos os amigos, saiu com as irmãs e com uma das amigas de Veronica. Foi jogar bola com Max no Central Park e também o levou à praia em Long Island em junho. Mas, independentemente do quanto andava ocupado, Olympia se preocupava com ele. Charlie parecia mais quieto que o normal, distante e aborrecido. Em breve iria para o Colorado, trabalhar no acampamento, e dizia que estava ansioso por isso. Olympia não conseguia descobrir o que era, mas percebia que ele estava triste, pouco à vontade consigo mesmo.

Ela mencionou o fato para Harry após uma partida matutina de tênis, enquanto Charlie tomava conta de Max. Ela e o marido adoravam jogar tênis e squash juntos. Eram momentos de privacidade e relaxamento. E os dois valorizavam esses raros instantes a sós, pois passavam a maioria das noites e dos fins de semana com Max. Com Charlie em casa, tinham uma babá à disposição, pois ele sempre se oferecia para tomar conta do irmão.

— Não notei nada — falou Harry, enxugando o rosto com uma toalha após a partida. Ele tinha vencido por uma pequena margem. Ambos haviam jogado bem e estavam em excelente forma. Ela dissera o quanto estava preocupada com Charlie, e ele ficou surpreso ao ouvir que Olympia desconfiava de que o filho não estava bem. — Para mim, ele parece bem.

— Pois para mim não. Ele não disse nada, mas, quando não percebe que estou olhando, parece deprimido, pensativo, triste ou preocupado. Não sei o que é. Talvez não esteja gostando da faculdade.

— Você se preocupa demais, Ollie. — Harry sorriu, e então inclinou-se para beijá-la. — O jogo foi bom, me diverti.

— Sim. — Ela retribuiu o sorriso, enquanto ele passava um dos braços ao redor de seus ombros. — Porque você venceu. Você sempre diz que o jogo foi bom quando ganha.

— Você me derrotou da última vez no squash.

— Só porque você distendeu um tendão. Do contrário, você sempre vence. Tenho de admitir que joga squash melhor do que eu.

No entanto, Olympia frequentemente vencia no tênis. Para ela, não importava quem vencesse, gostava era de estar ao lado do marido, mesmo depois de tantos anos.

— Você é uma advogada melhor do que eu era — observou Harry, e ela demonstrou surpresa. Ele nunca dissera aquilo antes.

— Não, não sou. Que bobagem. Você era um advogado fantástico. O que está querendo dizer? Só está tentando fazer com que me sinta melhor porque venceu no tênis.

— Não, é verdade. Você é melhor do que eu, Ollie. Sabia disso desde a faculdade. Age com determinação, força, é meticulosa ao mesmo tempo que consegue ser criativa. Muito do que você faz é absolutamente genial. Eu admiro o seu trabalho. Sempre fui muito metódico com os meus casos quando estava exercendo a profissão. Mas nunca tive a criatividade que você tem. Em alguns casos, é verdadeiramente inspiradora.

— Uau! Você está falando sério? — O rosto de Olympia mostrava gratidão e contentamento. Era o melhor elogio que Harry já havia feito sobre seu trabalho.

— Sim, estou. Se precisasse de aconselhamento jurídico, viria direto até você. Quanto a ser minha professora de tênis, já não tenho tanta certeza. Mas minha advogada, sempre.

Ela deu um empurrãozinho de brincadeira, e ele a beijou. Olympia estava feliz de ver que Harry finalmente havia relaxado após as discussões sobre o baile. Ele continuava a dizer que não iria, mas já fazia algum tempo que ela não mencionava o assunto. Olympia queria que as coisas esfriassem antes de tentar novamente.

Durante a caminhada para casa, conversaram sobre Charlie novamente.

— Tenho o pressentimento de que ele está aborrecido com alguma coisa, mas não parece querer conversar.

— Se estiver, vai acabar falando com você — tranquilizou-a Harry. — É o que ele sempre faz.

Ele sabia o quanto Olympia era próxima do filho mais velho, tanto quanto das gêmeas e de Max. Era uma mãe e uma esposa exemplar. Ele a admirava por muitos motivos. Tanto quanto ela o amava e respeitava. E tinha conhecimento de que seus instintos quanto aos filhos eram aguçados. Se ela sentia que Charlie estava aborrecido com alguma coisa, provavelmente era verdade, embora agora ela estivesse mais calma após ter falado sobre o assunto.

— Talvez alguma garota tenha partido o coração dele.

Ambos ficaram pensando se não seria isso. Charlie não se envolvia seriamente com alguém fazia algum tempo. Ele costumava sair regularmente e se divertia. Havia quase dois anos que não tinha um relacionamento mais sério.

— Não acho que seja o caso. Acredito que ele me diria se fosse sobre uma garota. Tenho a impressão de que é algo mais profundo. Vejo tristeza em seu olhar.

— Trabalhar no acampamento do Colorado vai fazer bem a ele — assegurou Harry ao alcançarem a porta da frente.

Eles ouviram a brincadeira ruidosa dos dois garotos assim que entraram. Charlie estava brincando de caubói e apache com Max, e podia-se ouvir seus apavorantes gritos de guerra a uma quadra dali. Charlie usara pasta de dente e o batom de Olympia para pintar o rosto, e assim que os viu, ela começou a rir. Max estava correndo pela casa brandindo uma arma de brinquedo na direção do irmão, usando um chapéu de caubói e cuecas. Harry entrou na brincadeira, enquanto Olympia foi preparar o almoço. A manhã havia sido adorável.

Mas ela voltou a ficar preocupada quando, dias mais tarde, recebeu a conta dos serviços de aconselhamento psicológico de Dartmouth. Ela mencionou o fato discretamente para Charlie, e ele insistiu em dizer que estava bem. Então contou que um amigo havia cometido suicídio durante o segundo semestre e que isso o abalara terrivelmente na época, mas que agora estava se sentindo melhor. Olympia ficou preocupada ao ouvir a história, e não queria que a mesma ideia passasse pela cabeça do filho. Ela se lembrou de ter lido que alguns jovens que não demonstravam sinais de estresse se suicidavam sem qualquer aviso. Quando contou para Harry, ele disse que ela estava ficando neurótica e que o fato de Charlie ter buscado aconselhamento era um bom sinal. Os jovens que não pediam ajuda psicológica ou não faziam terapia acabavam no fundo do poço, o que não era o caso de Charlie. Na opinião dele, o garoto aparentava estar bem. Eles haviam jogado golfe juntos durante vários fins de semana, e Charlie também fora ao escritório almoçar com Harry. Dissera que estava pensando em fazer uma faculdade de Teologia após se formar, e que o clero o atraía. Harry estava impressionado com o que ele havia dito e com as percepções que ele tinha das pessoas e situações mais delicadas. Charlie abordara o baile de debutantes uma ou duas vezes, e Harry tinha se recusado a discutir isso. Ele afirmara que desaprovava um evento que excluísse qualquer tipo de pessoa, tácita ou explicitamente, e que havia tomado uma posição.

Assim como Veronica, mas a posição dela parecia estar enfraquecendo quando ela e a irmã embarcaram para a Europa em julho com as amigas. Ginny já havia encomendado um vestido longo branco, rodado, de tafetá, tomara-que-caia, com flores bordadas encrustadas de pérolas numa faixa larga ao longo da barra. Lembrava um vestido de casamento, e Ginny estava entusiasmada com ele. E sem dizer nada a Veronica, ela e a mãe tinham escolhido um tubinho longo de cetim com uma tira em diagonal sobre um dos ombros, que parecia se encaixar no gosto de Veronica. Era sexy, elegante e aberto nas costas, o que valorizaria sua silhueta esguia. Ginny, obviamente, preferia o seu vestido de baile. Porém, ambos eram belíssimos, e, embora as meninas fossem idênticas, os vestidos acentuariam as diferenças e os estilos contrastantes das duas. Olympia havia escondido o vestido de cetim no armário, e fez Virginia jurar que manteria segredo absoluto sobre a compra. E, antes de partir para a Europa, Ginny havia posado com os dois vestidos para o programa impresso do baile. Assim, elas não precisavam discutir o assunto com Veronica. O comitê do baile tinha — ou pensava que tinha — fotografias das duas agora. E, se ela tivesse mais um ataque depois, lidariam com isso na ocasião. Por enquanto, estava tudo calmo.

As garotas estavam animadas com a viagem e se dando bem uma com a outra ao embarcarem para a Europa. Charlie partiu para o Colorado dois dias depois, e Olympia, Harry e Max foram para a França. A estadia em Paris foi maravilhosa, com visitas a todos os monumentos e museus. Eles levaram Max aos Jardins de Luxemburgo. Ele jogou bola com crianças francesas e se divertiu em todos os passeios. À noite, os três iam a bistrôs. Max sempre pedia pizza e bife com *pommes frites*. Foram ao Berthillon na Île St. Louis para tomar sorvete, e Max adorou os crepes que eram vendidos nas ruas de St. Germain. Também subiram com ele ao topo da Torre Eiffel. A viagem foi maravilhosa e, apesar de Max ter dormido no quarto adjacente ao deles, Harry e Olympia tiveram a sua dose de romance. Hospedaram-se num hotel que Harry conhecia, localizado na Margem Esquerda. Os três ficaram tristes ao deixarem Paris para trás. Na última noite, fizeram um longo passeio de Bâteau-Mouche no rio Sena, admirando a iluminação da cidade e os belos edifícios e monumentos que viam ao passar.

Em seguida, foram para a Riviera. Passaram alguns dias em St. Tropez, uma noite em Monte Carlo e mais alguns dias em Cannes. Max brincou na praia e começou a aprender algumas palavras em francês com um grupo de crianças da idade dele. Ao final de uma semana, estavam todos descansados, felizes e bronzeados. Tinham passado a semana inteira comendo guisado de peixe, lagosta e diversos tipos de frutos do mar. Max mandou uma camiseta de St. Tropez para Charlie que, por sua vez, enviou um fluxo constante de cartões-postais, relatando suas aventuras no acampamento. Ele parecia estar se divertindo.

Novamente ficaram tristes ao partir, e pegaram um voo de Nice a Veneza, onde se encontrariam com as meninas. Os cinco se divertiram a valer na cidade. Visitaram todas as igrejas e monumentos. Max deu comida aos pombos na Piazza San Marco, e a família toda passeou de gôndola sob a Ponte dos Suspiros. Harry beijou Olympia ao passarem sob a ponte e, de acordo com o gondoleiro, isso significava que pertenceriam um ao outro para sempre. Quando se beijaram, Max virou o rosto e fez uma careta, levando as gêmeas a rirem dele.

A viagem seguiu através do norte da Itália em direção à Suíça e transformou-se num momento inesquecível para a família. Eles se hospedaram num belo hotel no Lago de Genebra, viajaram pelos Alpes e encerraram a viagem em Londres. Max disse que tinha adorado tudo, e todos admitiram que estavam tristes com a partida das meninas para a faculdade. A casa ficaria mortalmente silenciosa sem elas. No voo de volta a Nova York, Olympia estava calada, desejando que as filhas demorassem mais para sair de casa. A viagem à Europa fora maravilhosa para todos, porém, o final do verão tinha passado num piscar de olhos.

Os últimos dias das gêmeas em Nova York foram agitados. Passaram o tempo empacotando, organizando tudo e desde computadores até bicicletas, e saindo com os amigos antes de partirem rumo à faculdade. Ginny se animou ao descobrir que várias amigas tinham aceitado o convite para o baile no The Arches e iriam debutar com ela. Veronica continuava a fazer pouco-caso do baile, até que se deparou com as fotografias de Ginny em ambos os vestidos um dia antes de irem para a Brown, enquanto procurava selos na escrivaninha da mãe. Indignada, fitou as fotos por um longo tempo, com uma expressão de descrença estampada no rosto.

— Como você foi capaz de fazer uma coisa dessas? — Ela afrontou a mãe e acusou a irmã de mentirosa.

Ginny finalmente desmoronou.

— Por que tem de ser a mamãe a pagar pelas nossas anuidades se é você quem quer se afirmar e deixar o papai furioso? Não é justo com ela.

Veronica tinha se recusado a visitar Chauncey em Newport durante o verão, em protesto ao posicionamento dele. Ginny cumprira a obrigação e fora visitá-lo sozinha no fim de semana seguinte ao retorno delas da Europa.

— Isso não está certo. Por que a mamãe tem de ser castigada por você se recusar a ir? — Ginny finalmente estava chamando a atenção da irmã, assim como fizera a mãe de Harry, que, discretamente, tinha levado Veronica para almoçar e pedido que ela não criasse problemas quanto ao baile.

Então, em sua última noite em Nova York, Veronica concordou em ir. Ela jurou que estava detestando a ideia e que ainda era absolutamente contra, mas a postura pouco sensata do pai a fez ceder. Não queria que ele penalizasse sua mãe, por isso concordou de má vontade. Olympia agradeceu profusamente, e prometeu que tentaria facilitar ao máximo as coisas para ela. Veronica disse que havia odiado o vestido ao prová-lo, mas ficou maravilhosa nele. Ela ainda não tinha um acompanhante, mas prometeu que pensaria no assunto. Ela tinha de passar o nome ao comitê antes do feriado de Ação de Graças.

— Que tal um dos amigos de Charlie? — sugeriu Olympia, e Veronica disse que ela mesma encontraria alguém. Já bastava ela ter concordado, não queria que a aborrecessem também sobre o acompanhante, portanto Olympia recuou. O único que continuava a protestar era Harry, que se recusava até mesmo a discutir o assunto com ela. Ele estava decepcionado por Veronica ter cedido, mas, devido à postura exploradora de Chauncey, concordava que havia sido uma atitude decente da parte dela em relação à mãe. Contudo, ele não seria punido se não comparecesse. Ele se recusava a reconsiderar, e disse que nada neste mundo faria com que fosse. Sua teimosia era impressionante, e ele insistia em dizer que era uma questão de princípios. Charlie tentou abordar o assunto antes de partir para o seu último ano em Dartmouth, mas Harry mudava de assunto todas as vezes em que algo a respeito era mencionado.

Estava claro para todos, incluindo Max, que Harry não iria. Apesar da viagem maravilhosa à Europa, ele não tinha cedido nem um pouco quanto ao baile.

Olympia e Charlie foram almoçar juntos na última semana antes do retorno à faculdade, e ele parecia tranquilo e feliz após o verão. Ele estava mais à vontade consigo mesmo do que em junho, e Olympia deixara de se preocupar. Ele tinha vários compromissos com os amigos na cidade, disse que estava ansioso pelo início das aulas e que planejava se dedicar à faculdade de teologia no outono. Ele também estava considerando estudar em Oxford, ou tirar um ano de férias e viajar, ou talvez aceitar um emprego em São Francisco, oferecido pelo pai de um colega de quarto. Ainda não havia escolhido entre tantas opções, todas bastante sensatas de acordo com a opinião de Olympia e Harry. Algumas vezes, ela sentia pena do filho. Charlie ainda era tão jovem. Era difícil fazer escolhas definitivas e tomar certas decisões. Ele era um rapaz responsável e um bom aluno; todos que o conheciam gostavam dele. Ele pensava também em trabalhar como professor. Estava muito confuso.

— Pobre garoto, eu odiaria ser jovem de novo — comentou Olympia com Harry no dia em que almoçara com Charlie. — Ele sente que está sendo puxado em várias direções. O pai quer que ele vá para Newport para treinar polo. Graças a Deus que ele não está considerando essa opção.

Tampouco a ideia de trabalhar no banco da família de Chauncey em Nova York. Ele tinha decidido que não faria isso. Charlie queria fazer algo diferente, mas ainda não descobrira o quê. Harry achava que ele deveria ir para Oxford. Olympia gostava da ideia do emprego em São Francisco. E o próprio Charlie não tinha certeza de nada. Harry também havia sugerido a faculdade de direito, mas Charlie resistira à ideia. O curso de teologia ainda era o seu preferido.

— Não consigo vê-lo como ministro — disse Harry, pensativo. — Ele não vai ganhar bem, seria bom se tivesse outra opção, mais lucrativa.

O emprego em São Francisco era, na verdade, em Palo Alto, numa empresa de informática, e Olympia o encorajara a levar a proposta a sério. Charlie tinha intenção de viajar e visitar o amigo e o pai depois do Natal, após acompanhar a irmã ao baile de debutantes. A família inteira planejava ir para Aspen durante o período natalino, o que parecia uma grande ideia. Antes do baile, eles comemorariam o Chanukah em Nova York.

Um dia após a partida de Charlie, Frieda e Olympia foram comprar os vestidos para o baile. Foram à Saks e à Bergdorf, e acabaram encontrando exatamente o que procuravam na Barney's. Um vestido azul-marinho justo, com uma estola combinando, para Olympia, e um longo preto de veludo e mangas compridas para Frieda. Um vestido simples que combinava com a idade dela e que lhe caiu muito bem. As duas retornaram vitoriosas da jornada às compras. Foram tomar chá no apartamento de Frieda mais tarde e conversaram como duas meninas; ambas tiraram os sapatos. Frieda parecia cada vez mais entusiasmada com o baile. Agora que tinha um vestido suas expectativas eram reais. Disse que usaria os pequenos brincos de diamante que Harry e Olympia tinham lhe dado em seu aniversário de 75 anos, e um colar de pérolas, presente do marido.

— Estou preocupada com Charlie — admitiu Olympia, quando estavam sentadas na cozinha aconchegante de Frieda.

A casa era imaculada, e Frieda se orgulhava de ainda ser ela mesma a limpá-la. Ela era dinâmica e independente, e recusava veementemente as ofertas de Harry de contratar alguém para ajudá-la.

— O pobre garoto tem um leque de opções para depois da faculdade. Mas ele parece tão confuso.

— Ele ainda é jovem. Vai encontrar um caminho. Como anda o relacionamento dele com o pai? — Frieda sabia que houvera momentos alternados de tensão nos últimos 15 anos.

Como sempre, Chauncey era uma decepção. Parecia muito mais interessado nas três meninas que tinha com Felicia do que nos três filhos do primeiro casamento. As gêmeas não aparentavam se importar, mas Charlie sempre se sentira deixado de lado pelo pai. Harry fazia tudo o que podia para apoiá-lo, mas a indiferença do próprio pai parecia pesar sobre o rapaz. Era o jeito de ser de Chauncey, superficial, com uma capacidade limitada de concentração e aversão à responsabilidade. Tudo que não fosse divertido ou não pudesse ser feito a cavalo não o interessava. Seu desejo era que Charlie jogasse polo, e o fato de ele não jogar o aborrecia. Charlie dissera várias vezes a Frieda que achava o esporte estúpido.

— A relação dele com Chauncey é inexistente — concluiu Olympia com uma expressão perturbada. — E Harry é tão ocupado que não passa muito tempo com Charlie. Ele não tem ninguém com quem se abrir hoje em dia.

Ela contou sobre o suicídio do amigo de Charlie durante a primavera.

— Ele não falou muito a respeito, mas recebi a conta do escritório de aconselhamento psicológico de Dartmouth, e ele disse que isso foi na época do acontecido. Charlie ainda estava tristonho quando veio para casa em junho. Mas voltou ao normal em agosto, após a temporada no Colorado.

— Você acha que ele está bem? — Frieda parecia preocupada. Seus interesses e percepções eram os de uma mulher bem mais jovem, ela não possuía a indiferença e o cansaço típicos de pessoas na sua idade.

— Acho que sim — respondeu Olympia, com cautela. — Eu acho que ele reflete muito sobre as coisas e guarda muitas delas para si. Ele não faz mais tantas confidências para mim como antigamente. Imagino que seja normal, mas não deixo de me preocupar.

— Ele tem namorada? — Frieda estava desatualizada sobre as atividades do rapaz durante o verão.

Charlie não tinha passado muito tempo na cidade após a temporada no Colorado, antes de retornar a Dartmouth. O tempo passava muito depressa, e ele andara ocupado com os amigos.

— Ninguém em particular. Ele saiu com algumas amigas de Veronica e Ginny no verão. Teve uma namorada no segundo ano da faculdade, mas eles terminaram no Natal daquele ano. Não acho que tenha surgido alguém importante desde então, e talvez ele tenha ficado bastante deprimido por causa do amigo durante a primavera. Ele não mencionou ninguém relevante no Colorado. Charlie é bastante seletivo para alguém de sua idade.

Frieda assentiu. Ele era um rapaz honesto, sensível e atencioso, que passava bastante tempo com as irmãs e o irmão, tinha uma ligação forte com a mãe e uma afeição profunda pelo padrasto. Frieda tinha um pressentimento de que a carreira religiosa talvez fosse mesmo a escolha certa para ele. E então ela sorriu para a nora, enquanto servia mais uma xícara de chá para as duas. Elas haviam passado uma tarde adorável juntas, como sempre.

— Talvez ele devesse se tornar rabino em vez de ministro. Meu pai era um rabino maravilhoso, sempre gentil com as pessoas, e um homem muito sábio e instruído. — Era raro ela falar dos pais e, quando isso acontecia, Olympia ficava comovida.

— Chauncey iria adorar. — Ambas riram da provável reação do esnobe ex-marido de Olympia caso Charlie se convertesse e se transformasse num rabino. — Adoro a ideia. Ele certamente enlouqueceria.

67

Frieda tinha encontrado Chauncey e Felicia apenas uma vez, e ele mal se dera o trabalho de ser educado. O radar dele não indicara sua existência. Ele a rejeitara de imediato, assim como rejeitava qualquer um que não fizesse parte do círculo social de sua família. Olympia tinha certeza de que ele ficaria irritado com a presença de Frieda no The Arches. Aliás, o mais provável era que ele a ignorasse, e que fosse ficar ainda mais aborrecido quando soubesse que ela tinha convidado Margaret Washington para se juntar a eles também. Mulheres judias e afro-americanas não eram o tipo de convidadas que correspondiam ao que Chauncey considerava apropriado a uma festa de debutantes. Não era difícil imaginar o tipo de pessoas que eles convidariam, caso chamassem alguém. Todos com um pé na Lista de Família da Alta Sociedade, esnobes e aristocratas, e chatos ao extremo. Pelo menos Frieda era alguém interessante e divertida com quem conversar. Era uma mulher que havia viajado muito, lia sempre, adorava falar sobre política e tratava todos com carinho. E Margaret era uma das pessoas mais inteligentes que Olympia conhecia. Ela ainda estava chateada com o fato de Harry ter dito que não estaria presente. Ele havia batido o pé e se recusado a discutir o assunto com quem quer que fosse. Desde então, ela havia desistido, e Frieda também estava prestes a fazer o mesmo. Ainda faltavam três meses para o baile. Pelo menos as duas já tinham os vestidos, assim como as meninas. A conversa passou para um dos casos de Olympia e um escândalo no Senado que tinha estado recentemente nos noticiários.

Olympia foi embora quase perto da hora do jantar. Quando chegou em casa, Harry estava cozinhando com a ajuda de Max. Eles haviam feito uma enorme sujeira na cozinha, mas pareciam estar se divertindo. Harry tinha acendido a churrasqueira no quintal para os bifes grelhados. Max começara a comer a primeira leva.

— Onde você estava? — perguntou Harry quando ela o beijou e se inclinou para abraçar o filho.

— Fazendo compras com a sua mãe — respondeu ela, feliz de estar junto deles. Era o tipo de cena doméstica e aconchegante que ela adorava.

— Tudo bem com ela? — perguntou ele, enquanto colocava os bifes em uma travessa. Ainda fazia calor lá fora.

— Tudo bem. Encontramos um vestido lindo para ela usar no baile.

— Ah, isso. — disse Harry, franzindo o cenho, e saiu para colocar os bifes na churrasqueira.

Max virou-se para a mãe.

— Ele ainda diz que não vai — afirmou com uma expressão séria.

— Eu sei. — Olympia sorriu para o filho mais novo.

— Você não está mais brava com ele?

— Não. Ele tem direito a ter uma opinião.

Ao dizer isso, Harry voltou para dentro, e ela foi direta ao se dirigir a ele:

— Porém, a sua postura quanto a não ir ao baile é, na verdade, discriminatória. Você está discriminando brancos protestantes.

— Eles estão discriminando negros e judeus.

— Acho que estão empatados, então — replicou ela, calmamente. — Não sei ao certo se uma discriminação é melhor do que a outra. Para mim, parece a mesma coisa.

— Você andou conversando com a minha mãe — disse ele ao mexer a salada. — Ela só quer uma desculpa para se arrumar. Vocês todas. Estão perdendo a noção do significado desse tipo de coisa.

— É apenas um rito de passagem, Harry. Não há nenhuma malícia escondida, e as meninas vão ficar desapontadas se você não for. Magoar as pessoas que você ama e que amam você para provar algo para desconhecidos que não se importarão com a sua ausência me parece muito pior. Nós nos importamos.

— Vocês ficarão bem sem mim. Eu e Max ficaremos em casa.

— O que é debutar? — perguntou Max, ainda confuso sobre o que as meninas iriam fazer e como Charlie iria ajudá-las, enquanto a mãe e a avó assistiam. Embora soubesse que o pai desaprovava.

— As meninas vão caminhar até um grande palco, passar por um arco de flores e fazer uma mesura assim. — Olympia fez uma demonstração para ele, abaixando-se graciosamente com a cabeça erguida e as costas eretas, e então retornando à posição normal com os braços estendidos como os de uma bailarina.

— É isso? — Max parecia intrigado, e Harry saiu novamente para virar os bifes na churrasqueira. Ele fingiu não ter visto a mesura. Não estava interessado.

— É isso. Fica melhor de vestido longo.

— Foi muito bom, mamãe. — Max estava impressionado. Sua mãe era bonita, assim como as irmãs. Ele se orgulhava de todas, e também do pai e de Charlie. — As meninas sabem fazer isso? — Ele não havia visto as irmãs treinarem, e teve a impressão de que era difícil. Suspeitava de que parecia mais fácil do que era na realidade, e estava certo.

— Ainda não, mas vão aprender. Elas ensaiarão na tarde antes do baile.

— Aposto que serão melhores que todas as outras — afirmou Max com veemência. — O que Charlie vai fazer?

— Vai ficar ao lado de Ginny enquanto ela faz a mesura, e os dois descerão as escadas de braços dados. E, depois, as meninas vão dançar com o pai.

— As duas ao mesmo tempo? — Aquilo soava complicado para Max.

— Não, uma de cada vez.

A outra gêmea poderia dançar com Harry se ele estivesse presente, e depois trocar. Mas sem ele, teriam de alternar.

— Quem vai descer a escada com Veronica?

— Ainda não sabemos. Ela tem de decidir antes do dia de Ação de Graças.

— Ele vai ter que ser bom nisso para servir de apoio se ela cair quando fizer essa coisa que você fez, ou então se ela cair da escada. — Harry e Olympia riram, e seus olhares se encontraram enquanto ele colocava os bifes nos pratos.

E então, de repente, Olympia riu da lembrança de seu acompanhante na época. Havia anos que não pensava nisso.

— O meu acompanhante ficou bêbado antes de subirmos ao palco. Ele desmaiou e tiveram de encontrar outro par para mim. Eu não o conhecia, mas ele era muito simpático.

— Aposto que ficaram superbravos com o bêbado.

— Sim, ficaram.

Ela também se lembrou de que aquela tinha sido a última vez que dançara com o pai. Ele morreria no ano seguinte e, mais tarde, ela guardaria com carinho a lembrança ao mesmo tempo doce e amarga daquela última dança. Fora uma noite importante para ela, tanto quanto esperava que fosse para as meninas. Não um momento que mudara sua vida, mas que sempre significaria muito. Ela nunca lhe atribuiu qualquer importância social. Havia sido apenas uma noite em que se sentira especial e importante, e todos a haviam paparicado. Ela só voltou a sentir aquela beleza no dia de seu casamento. Outros eventos tiveram um significado mais profundo: os dois casamentos, com Chauncey e com Harry, o nascimento dos filhos, a formatura em Vassar e, posteriormente, na Faculdade de Direito de Columbia e o dia em que passara no exame da Ordem dos Advogados. Mas a noite no The Arches também significara muito para ela. Principalmente a dança com o pai.

— Soa como uma espécie de *bat mitzvah* — disse Harry em voz baixa, enquanto escutava o que ela dizia.

— Você está certo — anuiu ela, num tom gentil. — É sobre mostrar às meninas o quanto são importantes numa noite especial.

Ela tinha ido a um ou dois *bat mitzvahs* com ele no decorrer dos anos, e ficara impressionada ao ver como a menina se sentia especial com os discursos feitos sobre ela, a exibição de filmes sobre sua infância e o momento em que a mãe era carregada numa cadeira pelo salão. Os *bar mitzvahs*, para os meninos, eram ainda mais impressionantes, e também um rito de passagem. Eram marcos importantíssimos entre a juventude e a vida adulta — oficialmente, o fim da infância e a entrada no mundo dos adultos. Presenciar Veronica e Virginia dando esse passo era algo que ela gostaria de compartilhar com ele.

Harry ainda não conseguia enxergar as coisas daquela maneira. Pensava que era mais importante demonstrar o quanto o evento era politicamente incorreto. Max acabou fazendo algumas perguntas sobre o *bar mitzvah* e Harry falou sobre o assunto. Era uma ocasião da qual ele sempre se lembraria com carinho e alegria. Max ficou animado ao pensar no seu, e ainda faltavam sete anos para que acontecesse.

As meninas telefonaram quando Olympia e Harry arrumavam a cozinha após o jantar. Elas estavam gostando das aulas e disseram que tudo corria bem na escola. Estavam compartilhando uma suíte com mais duas garotas. Charlie tinha um quarto só para ele, como veterano do último ano. Ele tinha escolhido morar num dos dormitórios do campus. Havia falado sobre ir morar numa casa com um grupo de colegas, mas acabou desistindo no final. Disse que não se importava em morar nos dormitórios de novo. Olympia e Harry não tinham notícias dele desde sua partida. Sabiam que Charlie estava ocupado e que tinha muito a fazer no início do último ano. Nenhum dos filhos mais velhos de Olympia viria para casa antes do Dia de Ação de Graças, o que parecia ser muito tempo para ela. Isso a fazia se sentir mais grata ainda por ter Max e mais 12 anos para gozar de sua presença.

Harry e Olympia colocaram Max na cama juntos naquela noite. Harry leu uma história e Olympia o cobriu. Depois disso, foram para o quarto e conversaram longamente. Ambos estavam sobrecarregados de trabalho e lidando com casos importantes. Gostavam de conversar sobre seus respectivos empregos e o que haviam feito durante o dia. Ela adorava compartilhar aspectos de sua vida com o marido e ouvir o que ele pensava. Olympia valorizava suas opiniões e seus julgamentos sobre todas as questões, com exceção do baile de debutantes. Achava que ele estava se comportando de uma maneira profundamente absurda.

Quando se aninhou a ele na cama naquela noite, sentiu-se grata por tê-lo ao seu lado. Adorava a vida e os filhos que compartilhavam. Era uma vida boa, repleta de pessoas amorosas; trabalhavam com o que gostavam e seus filhos eram uma bênção perpétua. Ela adormeceu nos braços de Harry enquanto os dois sussurravam. Pela primeira vez em meses, o baile não parecia importante, com Harry participando ou não. Se ele não fosse, não tinha mais importância. Ela o amava da mesma maneira.

Capítulo 4

Os três filhos vieram para casa no feriado de Ação de Graças. Charlie chegou na terça-feira, as meninas na quarta. Tinham acabado de passar pela agonia das provas do meio do ano e agora todos se sentiam livres. Max estava entusiasmado com a presença dos irmãos e adorava brincar com eles. Charlie foi buscá-lo na escola no dia em que chegou e o levou ao Central Park e ao zoológico. Ele comprou castanhas assadas e um balão para o irmão mais novo. E, na tarde seguinte, eles foram patinar. Voltaram corados, os olhos brilhando de alegria, e estavam de bom humor. Quando chegaram em casa, as gêmeas já estavam lá. O jantar em família foi animado, antes de Charlie e as meninas saírem para encontrar os amigos. A presença barulhenta dos filhos na casa fazia Olympia se lembrar do quanto amava ter todos eles junto dela.

Na manhã de Ação de Graças, Frieda chegou a tempo de ajudar Olympia a preparar o jantar. Harry tinha feito o recheio, Olympia assara o peru, Frieda cozinhara os legumes. Charlie tinha feito os *muffins* de milho; as meninas, a batata-doce com marshmallows. Olympia ajudara Max a bater o chantilly que seria servido com as tortas de maçã e de abóbora durante a sobremesa. Era a única refeição do ano em que todos colaboravam e se esforçavam, e o resultado final era estupendo. Eles se sentaram para jantar às 18h, e, às 20h, todos estavam estufados de tanto comer. E, como de costume, Olympia tinha providenciado uma refeição kosher só para Frieda, preparada por um cozinheiro no dia anterior, e que ela disse estar deliciosa.

— Eu vou ter de fechar a boca pelas próximas três semanas para caber no meu vestido — comentou Frieda, depois de comer a torta de abóbora com chantilly, a contribuição de Max à refeição.

— Eu também — disse Ginny, parecendo preocupada.

Veronica havia anunciado antes que convidara um rapaz chamado Jeff Adams para acompanhá-la. Disse que tinham se conhecido na escola. Ele chegaria no fim de semana do baile, e havia prometido trazer um traje que alugaria em Providence, para não ter de alugar um em Nova York.

— Espero que ele seja de confiança — murmurou Olympia, levemente preocupada. — Você o conhece bem?

— Bem o bastante — respondeu Veronica, casualmente — Estou saindo com ele há três semanas.

— E se vocês não estiverem mais saindo juntos até o baile? A situação pode ficar embaraçosa.

Todos concordavam que namorados não eram a melhor opção, porque se a relação acabasse pouco antes do baile, a menina corria o risco de ficar sem acompanhante.

— Ele é só um amigo — disse Veronica com um ar despreocupado.

Ela havia concordado em debutar, mas sem nenhum entusiasmo. Estava fazendo isso somente para que o pai não deixasse de pagar a parte dele na anuidade escolar. Porém, ela ainda estava zangada com a chantagem e a manipulação. Veronica havia dito a todos que não esperava de modo algum se divertir no baile, muito pelo contrário. Era uma debutante relutante, mas a alegria de Ginny compensava a falta de animação da irmá gêmea. Ela mal podia esperar, e tinha experimentado o vestido quatro vezes nos dois últimos dias. Era o baile dos seus sonhos. Charlie tinha vestido seu traje a rigor na noite em que chegara e percebeu que ainda servia, embora estivesse um pouco justo na cintura, mas nada que não conseguisse aguentar por uma noite.

Veronica disse que seu acompanhante queria conhecer Charlie e Ginny, mas que tinha ido esquiar em Vermont no fim de semana de Ação de Graças.

— Como ele é? — perguntou Charlie com interesse. Seria mais divertido para todos se os dois acompanhantes se dessem bem e tivessem algo em comum, para terem sobre o que conversar durante o ensaio e o baile. Afinal, a noite seria longa.

— Ele está no time de futebol e também joga hóquei — respondeu Veronica.

— Talvez seja legal irmos patinar todos juntos no dia seguinte — sugeriu Charlie, esperançoso —, jantar, ou coisa do gênero. Ele está animado?

— Não sei. Eu perguntei se ele queria me acompanhar. Ele aceitou. Ele não tem que gostar da coisa toda. Tudo que tem de fazer é comparecer. — Veronica descartava a possibilidade de diversão, pois sabia que ela mesma não se divertiria. Em sua opinião, Jeff também não.

— Ele alguma vez foi acompanhante em um baile de debutantes? — perguntou Olympia, e Veronica lhe dirigiu um olhar hostil.

— Eu não sei. Por que teria sido? Uma vez teria bastado para mim.

— Alguns meninos gostam — informou Olympia—, mesmo que você não consiga acreditar nisso. — Sorriu para a filha, feliz por ela ter finalmente concordado.

— Não acho difícil acreditar. Para mim, parece ser uma terrível chatice.

— Talvez você tenha uma surpresa agradável ao ver o quanto é divertido — murmurou a mãe num tom encorajador, e Ginny deu um sorriso de orelha a orelha. O baile era tudo em que conseguia pensar havia muitas semanas.

A mãe de Harry ficou até cerca de meia-noite. Ele chamou um táxi para levá-la para casa. Quando saiu para ajudá-la, viu que estava nevando.

Pela manhã, havia um cobertor de neve sobre a cidade. Depois do almoço, todos concordaram em ir ao Central Park; lá, amarraram sacos de lixo nos traseiros e deslizaram morro abaixo. Max rapidamente tornou-se um perito na brincadeira e Harry também não se saiu mal. Foi bastante divertido, e Olympia gargalhava de prazer ao escorregar no morro. As meninas se deitaram de costas, imprimindo silhuetas de anjos na neve fresca ao moverem os braços para cima e para baixo o máximo que podiam. Elas faziam isso desde crianças, e adoravam a brincadeira cada vez mais. Depois, foram todos ao Rockefeller Center, onde patinaram e jantaram. Antes de voltarem para casa, os três filhos mais velhos deram alguns telefonemas para saber o que os amigos estavam planejando, e saíram logo depois para encontrá-los. Max dormia profundamente quando eles foram embora, exausto após um dia longo e movimentado. Fazer um boneco de neve com o irmão mais velho o deixara esgotado.

— O Dia de Ação de Graças foi maravilhoso — comentou Olympia com Harry ao se deitarem e se enfiarem debaixo das cobertas. — É tão bom ter as crianças em casa. Sinto tantas saudades quando eles vão embora.

Ele sabia.

— Mal posso esperar até que venham nos visitar nas férias de inverno.

O retorno deles estava agendado para a semana anterior ao baile. O baile ao qual Harry ainda se recusava ir, e ao qual

Margaret Washington e Frieda iriam acompanhá-la. Por mais que gostasse das duas, ela preferia ter Harry ao seu lado em vez delas. Mas essa ainda não era uma opção. Ele estava absolutamente decidido a não ir. A sua ausência era um manifesto contra um evento que recebia a sua profunda reprovação e o que ele encarava como práticas discriminatórias, por mais que isso entristecesse Olympia. Era uma das únicas ocasiões em que ele estava preparado para deixá-la aborrecida, e sentia que tinha de agir dessa maneira em lealdade ao que acreditava. Na verdade, ninguém se importava com a ausência dele, a não ser Olympia e sua família.

O grande anúncio do fim de semana foi feito por Virginia na manhã de sábado. Ela hesitara em contar e, após uma sessão aconchegante de confidências com a mãe durante o café da manhã, decidiu que deveria abrir o jogo. Ela nunca guardava segredos e adorava compartilhar todos os detalhes de sua vida com a mãe. Olympia havia suspeitado de que alguma coisa estava acontecendo com a filha, mas como não a via mais todos os dias, era difícil encontrar a oportunidade certa para conversarem. A conversa após o café da manhã fez com que Ginny desabafasse. Ela estava gostando de um calouro da Brown. Era o rapaz mais legal que já havia conhecido. Assim como o rapaz com quem Veronica estava saindo e que iria levar ao baile, ele fazia parte do time de futebol. O nome dele era Steve, e ela estava completamente apaixonada, ao contrário de Veronica, que, no momento, via Jeff apenas como amigo. Ginny contou para a mãe que eles estavam saindo três ou quatro vezes por semana havia três meses. E perguntou se ele também poderia ir ao baile. Olympia reservara uma mesa, e disse que guardaria um lugar para ele. Ginny estava entusiasmada. Já que o irmão seria seu acompanhante oficial, a presença de Steve não traria nenhum conflito. Ela contou que ele era de Boston, de uma família muito respeitável. Ele também tinha um irmão gêmeo que estudava na Duke. Por tudo que dissera, Olympia concluiu que se tratava de um bom rapaz.

Olympia contou a novidade a Harry naquela tarde, e disse que estava feliz por Ginny, embora esperasse que os estudos da filha não fossem afetados pelo tempo que passava com o namorado. Ginny havia dito que eles estudavam juntos e que ficavam bastante na biblioteca quando ele não tinha de treinar com o time.

— Ela está doida por ele, é muito fofo.

Olympia parecia muito satisfeita. Ginny tivera algumas paixões no colegial, e diversos namorados. Seus romances normalmente duravam alguns meses. Veronica era bem mais cautelosa quanto a se envolver com rapazes, e tinha uma lista bem mais longa de pré-requisitos. Na maior parte do tempo, ela saía com os amigos e só havia se apaixonado uma vez. Era mais cuidadosa por natureza e mais intelectual. As meninas eram totalmente idênticas na aparência, com inclinações completamente diferentes. Mais tarde, naquele mesmo dia, Olympia perguntou a Veronica sobre Steve, e ela disse, sem muito entusiasmo, que ele era legal.

— Você não parece muito animada — observou Olympia com certa preocupação. Veronica não costumava ter ciúmes da irmã, então ficou pensando se não havia algo errado ou se Steve não era um namorado tão bom quanto Ginny havia dito.

— Não há nada de errado com Steve, ele é um tipo popular no campus, ou pensa que é. Tem sempre um monte de garotas atrás dele. Ele é bastante convencido. — E rapazes com personalidade narcisista nunca a atraíram muito.

— Ele está tão apaixonado pela Ginny quanto ela por ele? — Olympia ficou preocupada com o que Veronica dissera.

— Ele diz que está — respondeu ela, com frieza.

Veronica era do tipo que preferia esperar para ver, bem mais reservada e cautelosa do que sua exuberante irmã.

— Não gosto de caras muito bonitos assim. Eles às vezes são estranhos.

Ela gostava de rapazes diferentes, mais interessantes, com quem podia conversar. Para ela a aparência não era tão importante. Os rapazes com quem Ginny saía eram sempre incrivelmente atraentes. Em vários aspectos, faziam Olympia se lembrar de Chauncey, como se Ginny estivesse à procura de uma versão mais jovem do pai desatento e evasivo. E parecia que ela estava completamente apaixonada por Steve.

Virginia tinha admitido para a mãe que eles estavam dormindo juntos, mas jurara que sempre usavam proteção. Porém, o grau de envolvimento da filha a preocupava, particularmente depois do que Veronica dissera.

— Eu tenho a sensação de que você não gosta dele — afirmou Olympia com sinceridade, tentando captar os motivos, caso houvesse algum.

— Não há nada de errado. Eu não morro de amores por ele. Uma pessoa me disse que ele brinca bastante com as garotas. Não quero que Ginny se magoe. — Veronica estava sendo sincera, com um olhar preocupado.

Entretanto, quando Ginny colocava uma ideia na cabeça, era difícil dissuadi-la. Sobre qualquer coisa. Veronica também era teimosa, porém mais em relação a ideias, não a pessoas.

— Também não quero que ela se machuque — disse Olympia.

Era óbvio que Ginny estava envolvida.

— Fique de olho, por favor. Coloque juízo na cabeça de sua irmã se for preciso. — O tom de Olympia era de conspiração, e Veronica revirou os olhos e riu.

— Sim. Com certeza. Como se eu pudesse convencê-la de alguma coisa. Você sabe como ela é.

Com Ginny, na maioria das vezes, tudo o que podia ser feito era ajudá-la a recolher os cacos. Quando ela caía, o tombo era feio. E quando tudo terminava, o mundo inteiro ao seu redor desmoronava. De certo modo, Veronica era mais séria e mais resistente. Olympia conhecia bem os filhos.

— E você? Alguma coisa séria com esse Jeff que você convidou para ser seu acompanhante?

— Não — respondeu ela, com reserva.

Veronica era sempre bastante fechada quanto à vida amorosa, mesmo com a mãe e, às vezes, com Ginny. Guardava as coisas para si, assim como Charlie. Eram muito mais parecidos com o pai do que com a mãe neste aspecto. Ginny e Olympia eram muito mais abertas, dispostas a revelar tudo. Nem uma nem outra costumavam guardar segredos. Deixavam transparecer os sentimentos sempre. Era algo que Harry adorava nela. Uma das muitas razões de ele ter se apaixonado por Olympia.

— Ele é só um cara, somos amigos — disse Veronica sobre Jeff.

— O que levou você a convidá-lo para o baile? — perguntou Olympia, curiosa, e, de certo modo, nervosa a respeito dele.

Não era possível prever se Veronica iria fazer algo para sabotar seu comparecimento ao evento. Não seria de se espantar. Olympia tinha medo de pressioná-la e fazer com que recuasse novamente.

— Eu tinha de convidar alguém. As outras pessoas que conheço iriam rir da minha cara se eu pedisse. A irmã de Jeff debutou no ano passado, e ele também achou uma tolice. Então, pensei que ele não riria de mim se eu o convidasse. Nós concordamos, é uma imbecilidade. Mas ele disse que iria. — Ele também tinha dito que poderiam ficar chapados antes de subirem ao palco para a mesura. Mas ela não compartilhou essa informação com a mãe. Achou aquilo engraçado, mesmo que não o fizessem.

— Ele tem uma aparência normal? — indagou Olympia com certo temor, e Veronica olhou para ela com hostilidade, obviamente irritada.

— Não, mãe. Ele tem três cabeças e um osso atravessado no nariz. Sim, ele é normal na maior parte do tempo. Ele sabe do que se trata, vai se arrumar direito para o baile.

— Qual a aparência dele no restante do tempo? — perguntou Olympia, com cautela.

— Meio punk, mas nada muito escandaloso. Ele arrepia o cabelo, mas disse que não fez isso no debute da irmã. Ele vai se comportar bem, mãe. Não se preocupe.

— Espero que sim — murmurou Olympia, com um suspiro.

Ela estava começando a se sentir estressada com o evento, e não poderia contar com o apoio de Harry. Ela, Frieda, Margaret Washington e seu marido, um outro casal, Steve — o namorado de Ginny —, Chauncey e Felicia iriam compartilhar uma mesa. Um grupo heterogêneo, era o mínimo que se podia dizer. As debutantes e os acompanhantes se sentariam em outro lugar.

Olympia comentou com Charlie a respeito de suas preocupações antes da volta às aulas, e ele garantiu para a mãe que tudo iria dar certo. Era apenas uma noite. Não iria acontecer muita coisa. As meninas fariam a mesura. Elas desfilariam pelo salão. O pai dançaria com elas, e todos passariam o restante da noite comendo, bebendo e dançando. O que poderia dar errado?

— Você faz com que tudo pareça tão simples. — Ela sorriu para seu primogênito.

Era o jeito de ser de Charlie. Ele sempre apaziguava as coisas e acalmava a mãe. A atitude dele sempre fora muito reconfortante. Ele próprio não fazia tempestade em copo d'água; em vez disso, dissipava as tormentas alheias, como ocasionalmente acontecia em todas as famílias. Ele era o intermediador da paz, o filho mais velho, sempre responsável, tentando ser tudo o que o pai não era.

— É simples — disse ele com um sorriso afetuoso. Porém por trás do sorriso, Olympia mais uma vez enxergou tristeza, como na primavera anterior, quando o amigo havia morrido.

— Você está bem? — Olhou profundamente nos olhos dele, sem conseguir decifrar o que via. Havia algo escondido, algo que ela pressentia, mas não podia enxergar. Esperava que o filho não estivesse com problemas. Ele era, desde criança, um pensador.

— Estou, mãe.

— Tem certeza? Está feliz com os estudos?

— Feliz o suficiente, e estou quase terminando.

Olympia sabia que ele estava bastante preocupado com o que iria fazer depois da formatura em junho. Charlie ainda planejava ir à Califórnia fazer uma entrevista com o pai de um amigo. Havia decidido ir no intervalo das aulas durante a primavera, em vez de no Natal. Ele também tinha se candidatado para passar um ano estudando em Oxford antes de se dedicar à faculdade de teologia em Harvard. Tinha opções e escolhas, decisões que precisavam ser tomadas, o que era estressante. Tinha uma vida pela frente para ser construída. Para Charlie, era importante sentir que estava fazendo a coisa certa.

— Não se preocupe demais com o que vai fazer. Você vai descobrir. A coisa certa vai simplesmente acontecer. Dê tempo ao tempo.

— Eu sei que tudo vai dar certo, mãe. — Ele se inclinou na direção dela e a beijou. — Você também não se preocupe. Tem falado com o papai?

Ela meneou a cabeça.

— Não desde o verão, quando ele estava furioso com Veronica por ela se recusar a debutar.

— Talvez você devesse ligar para dar um olá. Assim as coisas não ficarão muito estranhas na noite do baile.

Ele sabia o quanto a mãe detestava Felicia, e o quanto sua relação com Chauncey havia se tornado difícil. Eles não tinham absolutamente nada em comum.

Para os filhos, o casamento deles era um mistério. Era extraordinário que duas pessoas que não combinavam tivessem conseguido passar sete anos juntas, embora Olympia, aos 22 anos fosse uma pessoa bem diferente do que era agora. Ela era o resultado de uma educação anglicana bastante conservadora, e familiarizada com o mundo elitista de Chauncey. Charlie sempre suspeitara de que ela se casara com Chauncey devido à morte dos pais na época da faculdade, buscando estabilidade e uma família. Mas com a peculiar evolução no decorrer dos anos e o desenvolvimento de seu raciocínio e de suas próprias ideias, o casal foi se distanciando. Agora, viviam em planetas diferentes. Charlie considerava o mundo da mãe mais interessante. Ele gostava muito de Harry, que sempre o tratara maravilhosamente bem. Mas também tinha um carinho profundo pelo pai, a quem era leal, independentemente de suas esquisitices, preconceitos, fracassos e limitações. E Felicia não passava de uma tola. Charlie a considerava inofensiva, embora sua mãe não concordasse com ele. Olympia achava que a atual mulher de Chauncey era a prova viva da estupidez e da malícia. Em grande parte porque Felicia morria de ciúmes dela, e nunca deixava de fazer algum comentário idiota quando se viam, o que era muito raro. Ele sabia que ia ser difícil para a mãe não ter Harry ao seu lado — era uma pena que o padrasto não conseguisse deixar os princípios de lado e lhe dar apoio. E, aparentemente, isso não iria acontecer. Charlie, como sempre, prometera a si mesmo que iria fazer tudo que estivesse ao seu alcance para ajudá-la diante da ausência de Harry. E a sugestão de que ela telefonasse para Chauncey a fim de abrir caminho para uma noite pacífica era uma boa ideia. Ele tinha certeza de que o pai ficaria lisonjeado com a ligação. Chauncey gostava de ser reverenciado, o centro das atenções.

— Talvez eu ligue — disse Olympia cautelosamente. A ideia não a entusiasmava, mas reconhecia que era uma sugestão diplomática. — Você vai visitá-lo nas férias de fim de ano?

— Pensei em ir por uns dois dias, antes de viajarmos para Aspen.

Harry, Olympia e os filhos iriam esquiar por uma semana no Colorado durante as festas de fim de ano, como sempre costumavam fazer. Todos ansiavam pela viagem. Charlie nunca admitira para ninguém, mas era mais divertido estar com eles do que com o pai. Porém, ele sempre visitava Chauncey em nome da lealdade e da afeição, esperando que pudessem de alguma forma estabelecer uma conexão mais profunda. Até então, isso nunca havia acontecido. Chauncey não era uma pessoa muito profunda.

— Ele quer me mostrar alguns novos cavalos — disse ele, com certa tristeza.

Charlie estava ciente do quanto era decepcionante para o pai sua recusa em jogar polo. Ele gostava de andar a cavalo com Chauncey, e os dois haviam ido caçar juntos na Europa, apenas para ver como era, porém o esporte o entediava. Aquela era uma paixão somente do pai.

— Você quer levar algum amigo para Aspen?

Eles alugavam uma casa na cidade, e Olympia estava sempre aberta a receber os amigos dos filhos. Era mais divertido para eles. Contudo, Charlie balançou a cabeça após uma breve hesitação.

— Não, vou esquiar com as meninas ou com Harry.

Olympia ficava nas pistas para crianças com Max. Os demais eram esquiadores muito mais radicais do que ela, principalmente Charlie.

— Se mudar de ideia, tudo bem. Espaço é o que não falta se você quiser levar um ou dois amigos de Dartmouth. — Olympia sorriu para o filho.

Se ele levasse uma garota, ela ficaria no quarto com Ginny e Veronica. Eles tiravam as férias em família em grande estilo, e todos eram sempre bem-vindos.

— Se eu encontrar uma menina, avisarei.

Charlie não estava envolvido romanticamente com ninguém no momento. Não desde uma garota no segundo ano da faculdade, e de várias durante o colegial. Mas, nos dois últimos anos, não houvera ninguém especial, e ainda não havia. Ele era cauteloso e seletivo. Olympia sempre dissera que seria necessário uma garota especial, que tivesse inúmeras qualidades e uma intensa vivacidade, para conquistar Charlie. Ele era o mais sério entre seus filhos. Às vezes era difícil acreditar que ele tivesse algum parentesco com Chauncey, o rei de tudo que era superficial.

Ele pegou um voo de volta a Dartmouth naquela noite, e as meninas foram para Brown de manhã. As aulas só começariam na terça-feira. Ginny experimentou o vestido mais uma vez antes de ir embora, e contemplou-se, embevecida, no espelho. Ela o adorava. Olympia foi obrigada a ameaçar Veronica para que experimentasse o dela, pois queria ter certeza de que o vestido servia e que não precisava de alterações antes da grande noite. Quando viessem para casa em dezembro, não haveria tempo para quaisquer modificações antes do ensaio e do baile.

— Vocês duas têm sapatos, certo?

Ginny tinha comprado os dela em junho, sapatilhas de cetim lisas e brancas, com pequenas pérolas que combinavam com o vestido. Tiveram sorte de encontrá-los. Veronica insistiu que tinha um par de sandálias de cetim no armário.

— Tem certeza? — perguntou Olympia mais uma vez.

Ambas tinhas bolsas, luvas brancas de pelica, colares e brincos de pérolas que a mãe lhes dera de presente de aniversário de 18 anos. Era tudo de que precisavam.

— Tenho — respondeu Veronica, revirando os olhos. — Você tem consciência de que seria muito melhor se gastássemos esse dinheiro para ajudar as pessoas que estão morrendo de fome em Appalachia?

— Uma coisa não tem nada a ver com a outra. Eu e Harry doamos bastante dinheiro para instituições de caridade, Veronica. Ele presta muito mais serviços gratuitos do que qualquer pessoa que eu conheça, e eu faço a minha parte. Você não precisa se sentir culpada por causa de um vestido e um par de sandálias.

— Eu prefiro passar a noite trabalhando num abrigo para os sem-teto.

— Muito nobre da sua parte. Você poderá pagar pelos seus pecados quando voltarmos de Aspen.

Elas tinham um mês de férias, e Olympia tinha certeza de que era o que a filha iria fazer na maior parte do tempo. Veronica tinha trabalhado várias vezes em abrigos para os sem-teto, em projetos de alfabetização e em um centro no Harlem para crianças que sofriam maus-tratos. Ninguém jamais poderia acusá-la de falta de consciência social, pois ela adorava trabalhar em causas humanitárias. Ginny era diferente. Ela passava o mês de férias saindo com os amigos, indo a festas e fazendo compras.

Tudo o que Olympia queria para os filhos era que eles se amassem e respeitassem uns aos outros, independentemente de suas diferenças. E, até então, o encorajamento para que isso acontecesse tinha rendido bons frutos. Apesar de discordarem a respeito do baile de debutantes, as garotas eram devotadas uma a outra e a Charlie e Max, tanto quanto os meninos eram a elas.

Olympia voltou ao escritório na manhã seguinte à partida das gêmeas. Harry tinha saído cedo para trabalhar. O ônibus escolar havia passado para pegar Max, e ela encontrou milhares de mensagens na escrivaninha quando chegou. Checou todas e retornou todas as ligações antes de comparecer ao tribunal naquela tarde. Durante a hora do almoço, telefonou para Chauncey. Tinha achado boa a sugestão de Charlie de tentar quebrar o gelo e facilitar as coisas, o que nem sempre era fácil para ela quando se tratava de seu ex-marido. Ele possuía uma capacidade infalível de irritá-la.

Felicia atendeu o telefone em Newport, e ela e Olympia conversaram por alguns minutos sobre nada em particular. Falaram principalmente sobre as filhas de Felicia e Chauncey. Ela reclamou da escola das meninas em Newport e de como a exigência de uniforme era uma estupidez quando as meninas podiam estar vestindo as lindas roupas que ela havia comprado em Boston e Nova York. Porém, foi gentil ao dizer que aguardava com ansiedade o debute das gêmeas no The Arches. Olympia agradeceu e pediu para falar com Chauncey. Felicia disse que ele tinha acabado de voltar dos estábulos para o almoço. O fato de ele não trabalhar havia 15 anos e estar satisfeito de viver à custa da fortuna da família ainda deixava Olympia espantada. Ela não conseguia imaginar uma vida assim, mesmo que pudesse. Ela amava o direito e respeitava Harry por todas as suas conquistas. Chauncey não havia conquistado nada durante toda a vida. Tudo que ele fazia era jogar polo e comprar cavalos. No início do casamento dos dois, ele trabalhara no banco da família, mas tinha desistido depressa. O trabalho requeria enorme esforço e causava muitos problemas. Agora, ele nem sequer se preocupava em disfarçar a vida indolente que levava, e sempre dizia em tom de brincadeira que o trabalho era para as massas. Ele era arrogante até o último fio de cabelo.

Chauncey parecia estar sem fôlego quando atendeu. Tinha chegado correndo dos estábulos e ficou surpreso quando Felicia disse que era uma ligação de Olympia. Ela nunca ligava para ele, a menos que algo horrível estivesse acontecendo. Quando tinha informações e planos a comunicar, entrava em contato por e-mail.

— Algum problema? — perguntou ele com voz que denotava preocupação.

A reação de Olympia teria sido a mesma se ele tivesse ligado. Conversas ao telefone não eram comuns entre eles. Nenhum dos dois estava interessado em estabelecer qualquer espécie de contato social. Chauncey não conseguia entender as escolhas que ela havia feito — estudar direito e se casar com um judeu. E ela tinha ainda menos respeito pela forma como ele decidira levar a vida, e com quem. Achava Felicia uma idiota. Mas, gostando ou não, Olympia e ele tinham três filhos, o que os forçava a ter certo contato, ainda que apenas em ocasiões especiais, como o debute das meninas. Mais tarde viriam os casamentos, os netos e os batizados. Para Olympia, não era uma perspectiva animadora. Nem para ele. Chauncey havia desenvolvido uma profunda aversão à ex-esposa no decorrer dos anos, e não conseguia imaginar qual seria o motivo de ter se casado com ela.

— Não, está tudo bem. Não tive intenção de preocupá-lo. Só queria trocar uma palavrinha antes da noite do baile. Não consigo acreditar que já está quase chegando. Onde vocês se hospedarão?

— No apartamento do irmão de Felicia. Ele está na Europa.

Havia alguns anos, Olympia ouvira dizer que se tratava de uma cobertura suntuosa na Quinta Avenida, com uma vista espetacular para o Central Park e uma cúpula de vidro sobre uma banheira de hidromassagem no terraço. O cunhado de Chauncey era um solteirão convicto e apenas um pouco mais velho do que Felicia. Era famoso por namorar estrelas de Hollywood e princesas europeias. As gêmeas tinham ficado impressionadas com sua Ferrari da última vez que o haviam visto.

— Uma ótima escolha — disse Olympia num tom amistoso. — Vão ficar muito tempo?

Ela ficou se perguntando se deveria convidá-los para tomar alguns drinques em sua casa, mas a ideia não a deixava nem um pouco à vontade, e tinha certeza de que Harry se sentiria do mesmo modo. Os dois homens mal se aturavam. Harry o tratava com educação, mas Chauncey não se esforçava muito para ser civilizado. Ele o ignorava.

— Somente durante o fim de semana. Veronica tem se comportado? — perguntou Chauncey com interesse.

— Parece que sim. Ela finalmente escolheu um acompanhante. Um rapaz chamado Jeff Adams. Jura que ele é respeitável, e eu espero que esteja certa.

— Se ele não for, ou se tiver uma aparência reprovável, o comitê irá chutá-lo para fora durante o ensaio. Alguma ideia de quem sejam os pais dele? — Chauncey não perguntou se os pais do rapaz faziam parte da Lista de Famílias da Alta Sociedade, mas Olympia sabia que ele queria perguntar.

— Nenhuma. Tudo o que Veronica disse foi que a irmã dele debutou no ano passado. — O que significava que Jeff estava à altura das exigências de Chauncey. Era o suficiente. Os critérios dele eram simples.

— Pergunte o nome do pai dele. Posso procurar na Lista de Famílias da Alta Sociedade, talvez os conheça. — Pelo menos dessa vez aquilo poderia ser útil.

A Lista regia a vida de Chauncey, do mesmo modo que Bíblia orientava a de certas pessoas. A lista era sua Bíblia. Olympia sequer tinha a lista, embora anos antes sua família estivesse inscrita nela. Fora excluída da alta sociedade quando se divorciara de Chauncey mas haviam mantido seu nome na lista por dois anos, como cortesia. Ele foi retirado quando ela se casou novamente, desaparecendo do fantasioso cenário social para sempre. Chauncey considerara aquilo uma grande tragédia. Olympia achara divertido.

— Não quero aborrecê-la ainda mais. Já estou grata por ela ter concordado em ir.

— Espero que ela vá — disse Chauncey como se eles tivessem escapado de uma grande tragédia ou quase se afogado. Jamais passaria por sua cabeça ter uma filha que não debutasse. Seria um desastre em sua vida. — Imagino que elas tenham vestidos para a ocasião. — Ele tentava manter um tom tão descontraído quanto o dela.

Ele estava bastante surpreso por Olympia ter ligado sem nenhum motivo aparentemente importante, o que o deixou desconfiado, mas se fosse de boa-fé, era gentil da parte dela. Quando eles mantinham algum contato, normalmente era a respeito de alguma discórdia, e ela costumava ser agressiva com ele.

— As duas ficarão lindas — tranquilizou-o Olympia. — Os vestidos são encantadores.

— O que não me surpreende. Você tem bom gosto para essas coisas.

Melhor que o de Felicia, pensou ele. Olympia tinha um gosto impecável. O de Felicia era um pouco superficial, embora ele nunca tivesse dito isso para nenhuma das duas.

— O seu marido vai? — Chauncey não tinha ideia de por que havia perguntado aquilo. Era óbvio que Harry iria, e ele ficou surpreso quando ela hesitou.

— Na verdade, não. Ele não vai. Harry tem de comparecer a outro evento de família no mesmo dia. — Então ela se lembrou de que Frieda estaria presente, e decidiu ser honesta. — Para ser sincera, isso não é verdade. Ele considera a ideia toda politicamente incorreta, que exclui pessoas de outras raças e cores, então não vai.

— Isso deve ser embaraçoso para você — disse ele, parecendo simpático por uma vez. — Felicia e eu tomaremos conta de você.

Era a primeira vez em anos que ele estava sendo tão gentil, e Olympia ficou feliz por ter seguido a sugestão de Charlie. O telefonema tornou a atmosfera um pouco mais calorosa e quebrou o gelo antes dos inevitáveis estresses e tensões da noite do baile. As meninas estariam uma pilha de nervos, e Olympia suspeitava de que ela também ficaria. Afinal, teria de ajudá-las a se arrumar, levá-las ao The Arches e garantir que tudo corresse bem. Isso sem mencionar o acompanhante de Veronica, que ela não conhecia, e a postura da filha com relação ao evento. Ela percebeu que ainda era possível que, no último momento, Veronica desistisse de ir. Olympia só esperava que isso não acontecesse, e já tinha pedido a Harry várias vezes que não incitasse ou encorajasse a filha a cometer alguma tolice. E ele havia lhe assegurado que não faria nada disso.

— Há alguma coisa que eu possa fazer por vocês antes de virem para cá? — ofereceu Olympia, generosamente. — Tenho um excelente cabeleireiro caso Felicia precise. Se você quiser, posso marcar hora para ela.

— Acho que ela já tem um, mas obrigado. Cuide-se, Olympia, e não deixe que as meninas levem você à loucura. Nos veremos lá.

Assim que desligaram, Olympia permaneceu sentada com os olhos fixos no telefone. Estava tão distraída que não percebeu quando Margaret entrou na sala com uma pilha de pastas nos braços.

— Parece que você viu uma jiboia na sua mesa. Está tudo bem?

— Acho que sim. Parece mais uma jiboia em pele de cordeiro. Charlie sugeriu que eu ligasse para o pai dele antes do baile. Foi o que acabei de fazer. Não acredito em como Chauncey foi gentil. — Olympia parecia genuinamente espantada.

Chauncey estava sendo muito mais agradável no que se referia ao baile do que Harry. Mas era o tipo de evento de que Chauncey gostava, e Harry não.

— As jiboias velhas não morrem facilmente. — Margaret riu.

— Imagino que sim. Há 15 anos que ele não era tão agradável assim. Acho que está feliz com o debute das meninas. É muito importante para ele.

— *É* algo muito importante. Vai ser divertido para elas. Até mesmo para você talvez. Estou ansiosa para ir. Nunca fui a um baile de debutantes antes. Até comprei um vestido novo.

— Eu também. — Olympia sorriu, grata pelo apoio da amiga. Infelizmente não podia dizer o mesmo de Harry. Era uma pena que ele tivesse transformado isso num problema. A única pessoa que saía magoada era ela.

— Harry já deu o braço a torcer? — perguntou Margaret com cautela, colocando as pastas sobre a mesa de Olympia. Ela queria a opinião da amiga a respeito dos casos.

— Não. Não acredito que ele vá. Todas nós tentamos convencê-lo. Eu finalmente desisti. Pelo menos uma vez Chauncey não está agindo como um asno. Embora só Deus saiba como ele vai se comportar no baile.

Ele costumava beber muito, embora bem menos do que quando estava com Olympia, segundo diziam os amigos. Em sua juventude, ele estivera bêbado a maior parte do tempo em que haviam sido casados. A princípio, isso o tornava amoroso e encantador. Depois, ele passara a agir de um modo rude e desagradável. Era impossível prever como ele se comportaria após quatro martínis e uma garrafa de vinho na noite do baile ou, o que era pior, assim que passasse para o conhaque. Mas, pelo menos até o momento, ele estava sendo civilizado, e o problema seria de Felicia se ele ficasse bêbado e descontrolado. Não era mais dela, pela graça de Deus. Felicia também bebia bastante. Era algo que eles tinham em comum. Olympia jamais fora de beber muito, tampouco Harry.

— Não se preocupe, Ollie. Vou estar lá para segurar sua mão — tranquilizou-a Margaret.

— Vou precisar — disse Olympia ao alcançar as pastas do outro lado da mesa, e Margaret se sentou para revisar os casos com ela.

Olympia não sabia dizer ao certo por que, mas, apesar da conversa agradável com Chauncey, ela tinha um pressentimento de que a noite do debute das filhas seria um desafio ainda maior do que temia. Especialmente sem o apoio de Harry.

Capítulo 5

No fim de semana anterior ao baile de debutantes, Olympia acordou queimando de febre. Ela já não vinha se sentindo bem havia dois dias. A garganta arranhava, o estômago doía e o nariz estava entupido. Na noite de sábado, sentia como se fosse morrer. Sua temperatura chegara quase aos 39 graus. Estava um pouco melhor no domingo, mas a dor de estômago parecia ter piorado. Ela estava praticamente aos prantos quando desceu as escadas naquela manhã. Harry preparava o café da manhã de Max, e ela reparou que o rosto do filho estava corado demais. Após o café, ela mediu a temperatura dele. Max estava com quase 40 graus, e dizia que a barriga estava coçando. Ao olhar para ele, Olympia viu que sua pele estava terrivelmente irritada. A irritação vinha de minúsculas bolhas, e ela então foi pegar o livro do Dr. Spock, no qual confiava e que guardava desde o nascimento de Charlie. Os sintomas de Max se encaixavam perfeitamente na descrição de catapora, como ela havia suspeitado.

— Merda! — disse ao fechar o livro.

Não era uma semana para nenhum dos dois ficar doente. Olympia tinha de estar com a cabeça em ordem, pois havia uma montanha de casos novos no escritório, e Margaret tirara a semana de folga. Odiava deixar Max com a babá quando ele estava doente — isso se ela mesma estivesse bem o suficiente para ir trabalhar. Ela ligou para o pediatra, que receitou um banho de imersão com uma substância em pó recomendada por ele, muita calamina e cama. Não havia mais nada a fazer. Por sorte, a febre dela diminuiu na noite de domingo. Ainda estava se sentindo péssima, mas pelo menos o seu caso era apenas uma gripe ou um resfriado forte, e, com sorte, desapareceria nos próximos dias. Charlie viria para casa na terça-feira à noite e poderia ajudar a tomar conta de Max. As garotas chegariam na quarta-feira à tarde. Ginny telefonou no meio da noite de domingo. A voz dela estava péssima. Ela disse que estava com bronquite e, ao tossir no telefone, parecia prestes a morrer de tuberculose.

— Fique na cama amanhã — ordenou a mãe. No momento, Ginny aparentava estar doente demais para pegar um voo para casa.

— Não posso. Tenho os meus exames finais — disse ela, e imediatamente irrompeu em lágrimas.

— Você não pode fazer provas de segunda chamada? — sugeriu Olympia. — Você não parece em condições de sair de casa.

— Elas são na sexta-feira. Se fizer isso, só vou conseguir chegar em casa à noite. — Ela soluçou, inconsolável. Sentia-se péssima e não queria perder o baile no fim de semana.

— É possível que você não tenha outra escolha além de fazer as provas de segunda chamada.

— E se o meu nariz estiver vermelho?

— Isso é o de menos. Vá até a enfermaria amanhã e veja se receitam um antibiótico para que você não acabe com uma infecção e fique realmente doente. Isso deve ajudar.

As gêmeas tinham sido vacinadas contra meningite antes de voltarem às aulas em setembro, portanto Olympia tinha certeza de que não era nada pior do que um resfriado forte, ou, no máximo, uma bronquite, e os antibióticos evitariam que se transformasse numa pneumonia. A voz de Ginny estava péssima. Por enquanto, Veronica ainda não tinha sido contaminada, mas não seria uma surpresa se ela também ficasse doente, uma vez que compartilhavam um quarto minúsculo.

— Max está com catapora — disse ela, com pesar. — Graças a Deus todos vocês já tiveram. Era só o que faltava. O pobrezinho também está se sentindo péssimo. Estamos mal. — Seu tom de voz era tristonho. A semana estava sendo infernal, com doentes por todos os cantos.

Na segunda-feira, ela se sentia melhor, Max, pior, e Ginny telefonou para dizer que começara a tomar os antibióticos, portanto Olympia tinha esperanças de que ela melhorasse até o fim da semana. Ela fizera as provas e caiu no choro quando ligou para a mãe, dizendo que tinha certeza de que não havia passado. Em meio a tudo isso, Ginny também conseguiu dizer para a mãe que Steve estava se comportando como um imbecil, mas que confirmara a presença no baile. Para Olympia, isso parecia ser um daqueles males que vêm para o bem, mas ela não tinha tempo para saber de mais detalhes sobre o assunto. A babá de Max acabara de chegar e, doente ou não, tinha de ir para o trabalho.

Olympia passou o dia inteiro sentada atrás da escrivaninha, assoando o nariz. A dor de estômago havia passado um pouco, o nariz escorria, ela estava com dor de cabeça e havia encomendado porções de canja de galinha de uma delicatéssen ao longo do dia. Ligava para a babá de hora em hora, e esta lhe dizia que Max se sentia bem, mas, ao final do dia, o corpo dele ficou coberto de manchas. Estava claro que a semana seria um desafio.

Havia começado a nevar durante a manhã e, ao entardecer, um cobertor branco de cerca de dez centímetros de altura se espalhou sobre a cidade. O noticiário do rádio dizia que as escolas permaneceriam fechadas no dia seguinte. A expectativa era de que durante a noite caíssem mais vinte centímetros de neve e, às 17h, foi declarado que se tratava de uma nevasca. Por um breve momento, Olympia pensou em telefonar para a sogra e perguntar se ela precisava de alguma coisa. Não queria que Frieda saísse e escorregasse no gelo gerado pela queda de temperatura noturna. Ela discou o número, mas ninguém atendeu, e Olympia só conseguiu sair do escritório depois das 18h. Ela quase morreu congelada enquanto esperava por um táxi e, quando chegou em casa, estava ensopada e gelada até os ossos. Max encontrava-se recostado na cabeceira da cama, assistindo a vídeos e coberto por uma loção de calamina.

— Ei, meu amor, como vão as coisas?

— Coçando — respondeu ele, com uma expressão infeliz no rosto.

A temperatura dele havia subido de novo, mas pelo menos a de Olympia não. O dia dela no escritório fora péssimo, estressante. E Harry deixara uma mensagem na secretária eletrônica, dizendo que tivera uma emergência no trabalho e que não chegaria em casa antes das 21h. Ela mal podia esperar pela chegada de Charlie no dia seguinte, que a ajudaria a animar Max, que parecia doente, febril e entediado. Charlie era excelente com o irmão, e Olympia estava se sentindo sobrecarregada. O fato de Harry não estar em casa era péssimo quando ela mesma estava doente.

Ela preparou uma canja para ela e Max, colocou uma pizza congelada no micro-ondas e assoou o nariz pelo menos um sem-número de vezes. Tinha acabado de pôr Max na cama apagado a luz do quarto, ansiosa por um banho de banheira, quando o telefone tocou. Era Frieda, que se desculpou por estar ligando. Ela sabia da catapora de Max e perguntou como ele estava.

— Pobrezinho, a aparência dele está péssima, ele está coberto de calamina. Não sabia que tantas manchas pudessem caber numa criança. Elas estão até nos ouvidos, no nariz e na boca.

— Coitadinho. E como está o seu resfriado?

— Péssimo — admitiu Olympia. — Espero me livrar dele até sábado.

— Sim, eu também — disse Frieda num tom vago. E, pela primeira vez, Olympia teve a impressão de que a sogra estava bêbada. Não tinha reparado num primeiro momento, mas ela falava com certa dificuldade. Por um instante, Olympia temeu que Frieda tivesse sofrido um derrame. Ela sofrera um infarto cinco anos antes, mas não tivera problemas desde então.

— Você está bem? — perguntou, preocupada.

— Sim... sim... estou... — Frieda hesitou, e a nora percebeu um tremor em sua voz. — Tive um pequeno incidente esta tarde — disse, soando envergonhada.

Frieda adorava sua independência, arranjava-se bem sozinha e não gostava de causar incômodo a ninguém. Raramente contava que estava doente, somente dias ou semanas depois.

— Que tipo de incidente? — perguntou Olympia, assoando o nariz.

Houve uma longa pausa e, por um momento, Olympia teve receio de que ela tivesse caído no sono. Sem dúvida, a sogra parecia estar bêbada.

— Frieda? — chamou Olympia para acordá-la, e ouviu a sogra se mover do outro lado da linha.

— Desculpe... Estou me sentindo um pouco tonta. Saí para fazer umas compras antes que a tempestade piorasse. Escorreguei no gelo. Mas estou bem agora. — Não era o que parecia.

— O que aconteceu? Você se machucou?

— Nada grave. — Frieda tentou tranquiliza-la. — Em poucos dias estarei melhor.

— Melhor como? Você foi ao médico?

Houve mais uma longa pausa antes que Frieda respondesse:

— Quebrei o tornozelo — disse ela timidamente, sentindo-se tola. — Escorreguei num pedaço de gelo no meio-fio. Uma estupidez sem tamanho. Podia ter evitado.

— Meu Deus, que horror. Você foi para o hospital? Por que não me ligou?

— Sei como está ocupada no trabalho. Não queria incomodar. Liguei para Harry, mas não consegui falar com ele. Ele estava numa reunião.

— Ainda está — informou Olympia, claramente aflita com o acidente e por não ter podido ajudar. — Você devia ter me ligado, Frieda. — Ela odiava pensar na sogra tendo de lidar sozinha com os serviços de emergência.

— Eles me colocaram numa ambulância e me levaram para o hospital da Universidade de Nova York.

Havia sido uma aventura e tanto, e ela passara a tarde inteira no hospital.

— Você está com gesso? — Olympia estava horrorizada. O que acontecera a Frieda era muito pior do que a catapora de Max, a tosse de Ginny ou o seu resfriado.

— Até o joelho.

— E como chegou em casa?

— Não estou em casa.

— *Não* está? Onde você está? — A história piorava a cada minuto.

— Ainda estou no hospital. Não queriam que eu fosse para casa sozinha. Vou usar muletas por algumas semanas. Tenho sorte de não ter quebrado a bacia.

— Meu Deus! Frieda! Vou buscá-la. Você ficará aqui conosco.

— Não quero causar incômodo. Amanhã estarei bem. E eu ainda vou ao baile!

100

— Claro que vai. Vou arrumar uma cadeira de rodas — disse Olympia, pensando de repente no transporte da sogra até o local. A vida não era fácil, principalmente nessa época do ano.

— Eu irei andando — afirmou Frieda, embora soubesse que não poderia colocar peso sobre o pé esquerdo por várias semanas. Ela teria de se movimentar com um pé só, de muletas. Mas ainda estava determinada a não causar problemas a ninguém. Como sempre, tinha certeza de que poderia se virar sozinha.

— Você pode passar a noite aqui. Já teve catapora, certo?

— Acho que sim. Isso não me preocupa.

Olympia sabia que, em idosos, a exposição à catapora podia resultar em herpes-zóster. Mas não podiam deixá-la sozinha em casa. Frieda podia cair e quebrar mais alguma parte do corpo. Tinha de ficar com eles.

— Não queria incomodar vocês ou as crianças — disse Frieda e, ao escutá-la, Olympia chegou à conclusão de que deviam tê-la medicado contra a dor.

— Você não incomoda, e não há motivos para que fique aí. Eles vão dar alta hoje à noite?

— Acho que sim — disse Frieda, vagamente.

— Vou telefonar para a enfermaria e ligo para você de volta.

Olympia anotou o número do quarto, a seção do hospital em que a sogra se encontrava e o posto de enfermagem mais próximo ao quarto de Frieda. Embora fosse óbvio que estava sedada, ela continuava incrivelmente coerente e a se desculpar pelo incômodo.

— Não é incômodo algum — garantiu Olympia e desligou.

Ela tentou telefonar para o escritório de Harry, mas a linha particular dele estava no correio de voz, e a secretária já havia ido embora. Passava das 20h.

Então ela ligou para o hospital e eles lhe asseguraram que a Sra. Rubinstein estava bem, que só a haviam internado por uma noite para que ela não ficasse sozinha em casa. Frieda estava tomando Vicodin para a dor considerável que estava sentindo, mas não havia empecilhos médicos para que não recebesse alta. Para uma mulher daquela idade, ela estava muito bem de saúde, e chegara ao hospital falando de forma completamente coerente. A enfermeira de plantão disse que ela era um amor de pessoa. Olympia concordou, e então ligou para a babá perguntando se poderia voltar e ficar com Max por mais uma hora. Por sorte, ela morava nas redondezas, e em vinte minutos estava de volta. Olympia contou o que havia acontecido e, enquanto esperava por ela, transformou o gabinete do andar de baixo num quarto para Frieda. Tinha banheiro, TV e um sofá-cama, pois era usado ocasionalmente como quarto de hóspedes. Frieda podia ficar com eles o tempo que fosse necessário. Olympia tinha certeza de que esse seria também o desejo de Harry. Ela saiu por volta das 20h30 e, uma hora depois, estavam de volta em casa. Harry ainda não tinha chegado.

Ela acomodou Frieda confortavelmente no quarto improvisado, trouxe-lhe algo para comer, ligou a televisão, afofou os travesseiros, levou-a ao banheiro, suportando a maior parte de seu peso enquanto a sogra se movimentava com as muletas, e, por fim, colocou-a na cama. Por volta das 22h, quando Harry chegou, Olympia estava no quarto do casal. Ele entrou no quarto parecendo exausto. O dia dele havia sido incrivelmente difícil devido a um caso com repercussão na imprensa nacional, uma dor de cabeça de que ele e os demais juízes envolvidos não precisavam.

— Quem está no gabinete? — Harry imaginava que fosse um dos amigos de Charlie. Eles usavam o aposento como quarto quando todos os filhos estavam em casa. Era o único quarto de hóspedes que possuíam.

— A sua mãe — respondeu Olympia, assoando o nariz pela milésima vez. Após ter saído novamente na nevasca, o resfriado havia piorado notavelmente.

— Minha mãe? O que ela está fazendo aqui? — Ele parecia confuso.

— Ela quebrou o tornozelo. Foi levada para o hospital da Universidade de Nova York numa ambulância e não quis de modo algum me ligar. Chegamos há meia hora.

— Você está falando sério? — Harry estava surpreso.

— Estou. — Ela assoou o nariz mais uma vez. — Não dá para ela ficar sozinha em casa. Está engessada e de muletas. Acho que ela tem que passar um tempo aqui.

Harry deu um sorriso amoroso para a esposa. Olympia nunca o deixava na mão.

— Ela está acordada?

— Estava há alguns minutos, mas a medicação para a dor a deixou bastante tonta. Pobrezinha, deve doer muito. Eu disse para ela nos ligar no interfone se precisar, e para não tentar ir ao banheiro sozinha. Você sabe como ela é. Vai preparar o café da manhã para todo mundo quando acordar. Vamos ter de amarrá-la na cama.

— Vou descer e dar uma olhada — disse Harry com uma expressão preocupada, e então se virou para fitar Olympia mais uma vez enquanto se dirigia à porta. — Eu amo você. Obrigado por ser tão boa para ela.

Olympia sorriu de volta.

— Ela é a única mãe que temos.

— Você é a melhor esposa do mundo.

Em dez minutos ele estava de volta, impressionado com o tamanho do gesso e as muletas apoiadas ao lado da cama. Frieda já estava profundamente adormecida.

— Desliguei a TV e deixei uma luz acesa. Ela dorme como um anjo. O tamanho do gesso é impressionante.

— Eles disseram que a fratura foi feia. Frieda está certa. Ela teve sorte por não ter sido nos quadris. Se é que isso pode ser chamado de sorte. Como foi o seu dia?

— Apenas um pouquinho melhor do que o dela. A imprensa está nos enlouquecendo com esse caso. Você parece péssima. Como está se sentindo?

— Como pareço. Espero que, com esse tempo, Charlie consiga chegar em casa. Vou precisar muito da ajuda dele esta semana.

A expressão de Harry tornou-se instantaneamente defensiva.

— Desculpe por não poder tirar um dia de folga. Simplesmente não posso agora.

— Eu sei — confortou ela, com pesar. — Eu também estou em apuros no escritório. Margaret tirou a semana de folga. A mãe dela teve de fazer uma mastectomia.

— Jesus, ainda tem alguém de pé por aqui?

— Você, graças a Deus.

Eles tinham catapora, tornozelos quebrados, resfriados. Tudo que Olympia esperava era que Veronica não ficasse doente, e que Ginny melhorasse até o baile de sábado.

— Se quiser dormir no quarto do Charlie esta noite, tudo bem. Não quero que você pegue este resfriado, ou esta gripe, ou o que quer que seja. É deprimente.

— Bobagem. Não tenho medo de você. Nunca fico doente.

— Shh! — Ela levou um dedo aos lábios. — Não diga uma coisa dessas.

Harry riu, tomou uma chuveirada e pouco depois estava na cama com ela. Olympia ainda assoava o nariz e tossia. Tinha acabado de dar uma olhada em Max, que dormia profundamente.

— Parece que você vai estar no comando de uma enfermaria aqui em casa esta semana — disse Harry ao se aconchegar ao lado dela e abraçá-la. Olympia estava de costas para ele para não respirar em sua direção, e era reconfortante senti-lo assim próximo.

— Sinto muito pela sua mãe. Foi muito azar.

— Ela é sortuda por ter você, Ollie... assim como eu... não pense que eu não aprecio tudo que faz por ela. Você é uma mulher maravilhosa.

— Obrigada — disse, antes de cair no sono nos braços do marido. — Você também não fica atrás.

— Vou tentar chegar em casa mais cedo amanhã — prometeu ele.

Olympia assentiu e, em poucos segundos, adormeceu.

Capítulo 6

Olympia se levantou às 6h na manhã seguinte para ver como Frieda estava. Ela não tinha melhorado do resfriado, mas pelo menos não se sentia pior. Sua sogra ainda estava profundamente adormecida, e não havia sinais de que ela tivesse se levantado durante a madrugada. Parecia não ter se mexido um centímetro sequer desde a noite anterior, quando Olympia a colocara na cama. Ela havia lhe emprestado uma camisola larga de flanela, que tinha usado quando estava grávida de Max. Ficava curta em Frieda, assim como as mangas, deixando à mostra as tatuagens que ela sempre tentava esconder. Nas raras vezes em que as via, Olympia ficava triste. Era impossível imaginar como tinham sido aqueles anos para Frieda. Saber que a sogra sobrevivera ao Holocausto sempre tocava seu coração. Ela saiu do quarto nas pontas dos pés e subiu para tomar um banho. Harry já estava praticamente vestido. Ele precisava estar cedo no escritório naquela manhã, para uma coletiva de imprensa. E às 7h, exatamente quando Olympia estava penteando o cabelo, Max acordou. Ele disse que se sentia melhor, embora tivesse tantas manchas quanto na noite anterior, se não mais.

— Como estão os seus pacientes? — perguntou Harry ao vestir o paletó e endireitar a gravata.

— Max diz que se sente melhor, e sua mãe ainda está dormindo.

— Consegue se virar sozinha? — perguntou ele, parecendo ao mesmo tempo preocupado e com pressa.

Olympia riu.

— E eu tenho escolha?

— Acho que não — disse ele, com um ar de desculpas.

Pelo menos agora, Harry sabia que a ida da mãe ao baile estava fora de questão. Ele tinha a desculpa de ficar em casa tomando conta dela, e tinha certeza de que isso o livraria da obrigação de ir e faria com que parecesse menos desmancha-prazeres. Havia semanas que ele se sentia culpado por não comparecer, mas, independentemente do quanto se sentisse culpado, recusava-se a ir. E agora sua mãe também não podia. Seria difícil ir a um baile de muletas, sem poder se apoiar em um dos pés. Ele não falou a respeito disso com a esposa, mas estava aliviado, embora lamentasse o acidente da mãe e o peso que isso colocaria sobre Olympia. Para ele, de certo modo, parecia providencial.

— Não se preocupe — disse Olympia, tranquilizando-o. — A babá chegará em meia hora. Ela é capaz de tomar conta dos dois. E Charlie chegará esta noite. Ele pode nos ajudar até as garotas virem para casa. Depois, podemos todos nos revezar.

Ele assentiu, não inteiramente convencido de que o otimismo de Olympia com relação às filhas tinha um bom fundamento. Ginny não era exatamente famosa por ajudar em casa. Ele sabia que a presença de Charlie seria uma dádiva e que, se estivesse de bom humor e não tivesse outros planos, Veronica talvez pudesse ajudá-la. Talvez. Se não houvesse um protesto de que ela tivesse de participar, ninguém contra quem armar um piquete, nenhuma criança vítima de abusos ou um sem-teto que precisasse de sua ajuda. Ajudar a família figurava no final de sua lista de prioridades e, como o restante deles, ela esperava que a mãe tomasse conta de tudo. De certo modo, Olympia sempre fazia isso. Harry se sentia culpado disso também. Cinco minutos depois, após um beijo rápido na esposa e a promessa de que estaria em casa o mais cedo possível, ele foi trabalhar.

Olympia fez panquecas do Mickey Mouse para Max, colocou um vídeo para ele assistir, e foi ver como Frieda estava mais uma vez. Ela ainda dormia quando a babá chegou. Olympia ficou grata ao vê-la, explicou sobre as condições de ambos os pacientes, pegou a sua maleta de trabalho e literalmente saiu correndo pela porta. Havia cerca de 30 centímetros de neve fresca no chão, mas ela finalmente parara de cair. Como sempre, quando o tempo estava assim, ela levou meia hora para conseguir um táxi. Margaret ligou para o escritório aquela tarde e perguntou como as coisas estavam. Tudo que Olympia conseguiu fazer foi rir.

— Bem, vamos ver, Max está com catapora, minha sogra quebrou o tornozelo ontem e está hospedada no nosso gabinete. Eu apanhei o resfriado do século. Ginny está doente na escola. E, graças a Deus, Charlie chega hoje à noite.

— Fora isso, Sra. Rubinstein, algum problema?

— Sim. Certo. Desgraça pouca é bobagem. Espero que as meninas cheguem ilesas até sábado. Depois disso, elas podem desmoronar.

— O que Harry está fazendo para ajudar?

— Nada no momento. Ele está lidando com uma crise na Corte de Apelações.

— Eu sei. Vi a coletiva de imprensa esta manhã. Quando eu tinha resolvido que odiava seu marido por ele não ir ao baile com você, fiquei apaixonada pela postura que assumiu. Ele é um homem verdadeiramente íntegro, ainda que eu o considere um idiota por não acompanhá-la no sábado.

— Não dá para ter tudo — disse Olympia com um suspiro.

— Eu também o amo. Ele se coloca do lado certo e luta até a morte por isso. Infelizmente, isso inclui suas ideologias sobre o baile. Eu acho que não se pode ter as duas coisas. Harry defende seus princípios. Pelo menos Chauncey está sendo equilibrado. Ele deve estar doente.

— Se ele der trabalho para você no sábado, chutarei os calcanhares dele.

— Como está a sua mãe?

— Melhor do que eu imaginava. As mulheres dessa geração têm algo de inexplicável. Não dá para negar. São duronas e muito corajosas. Eu estaria um caos. Ela está feliz por estar viva.

— Frieda também é assim. Ontem à noite, ela não parava de pedir desculpas por ser um fardo para nós. Assim que a catapora de Max melhorar e não for mais contagiosa, pelo menos os dois vão poder fazer companhia um ao outro. Acho que ele já está quase bom. Tenho de verificar com calma. Não quero que ele passe herpes para Frieda.

— Era só o que faltava. — A capacidade que Olympia tinha para lidar com tudo impressionava Margaret.

Era sempre assim. Filhos, trabalho, marido, crises. Ela arranjava um jeito de equilibrar tudo. Esse parecia ser o destino das mulheres trabalhadoras. Tinham de ser talentosas no escritório e dínamos incansáveis em casa. Na opinião de Margaret, era muita coisa ao mesmo tempo, por isso ela optara por não ter filhos. Ela conseguia administrar marido e trabalho, mas quatro filhos como Olympia, ou até mesmo um, seria muito mais do que podia aguentar. Como costumava comentar, ela não tinha sequer plantas ou bichinhos de estimação. O trabalho já bastava. E o marido dela era um sonho. Cuidava do lar, organizava a vida social dos dois e cozinhava para ela quando chegava em casa.

— Avise-me se precisar de ajuda — ofereceu Margaret, mas Olympia sabia que ela já estava mais do que ocupada com a própria mãe. A presença da amiga no sábado à noite já era suficiente. Com as meninas nervosas e estressadas, Charlie e o outro acompanhante para serem monitorados, Frieda de muletas ou numa cadeira de rodas e um ex-marido potencialmente hostil, ela certamente iria enlouquecer.

Mesmo com a aparição de um novo caso em sua mesa às 16h, Olympia saiu cedo do escritório e conseguiu chegar em casa às 17h. Max estava sentado no sofá do gabinete, perto de Frieda, que tinha a perna apoiada numa cadeira. Charlie estava sentado com eles, tomando chá, quando Olympia chegou.

— Bem, este parece ser um grupo acolhedor. Olá, meu amor — disse ela ao dar um grande abraço de boas-vindas no filho. Estava visivelmente feliz com sua volta, e ele também parecia feliz em vê-la. Max ainda estava coberto de calamina, mas o médico assegurara que não havia mais risco de contágio, portanto Frieda desfrutou da companhia do neto durante toda a tarde. Charlie tinha acabado de chegar, algumas horas antes do planejado.

— Como vocês estão se sentindo? — perguntou Olympia aos seus pacientes.

— Melhor — respondeu Max com um sorriso.

— Ótima — anunciou Frieda, olhando para ambos os netos. — Eu ia tentar fazer o jantar, mas Charlie não deixou.

Olympia olhou para o filho com um ar de aprovação.

— Era o que eu esperava. Vamos pedir comida chinesa. É mais prático.

Ficaram sentados no gabinete conversando por algum tempo, e uma hora mais tarde Harry chegou. O dia havia transcorrido bem, e ele também ficou contente por ver Charlie. Os dois foram para a cozinha tomar uma cerveja enquanto Olympia subia para vestir um jeans. Max estava satisfeito em seu lugar, vendo televisão com a avó. Frieda continuava a se desculpar pelo incômodo, mas obviamente sentia-se feliz por estar junto deles.

O jantar transcorreu num clima de alegria, e depois todos foram para os respectivos quartos, com exceção de Charlie, que fez companhia à mãe por um tempo. Ele parecia ter alguma coisa em mente, mas, quando Olympia perguntou se de fato tinha, ele insistiu em dizer que não. Disse que era apenas felicidade por estar em casa novamente. Prometeu fazer companhia a Max e a avó no dia seguinte e, um pouco mais tarde, saiu com os amigos. O tempo havia esquentado ligeiramente naquele dia, e o que restava da neve se transformara em lama e gelo à noite. Olympia pediu que ele tomasse cuidado, lembrando-o do que havia acontecido com Frieda. Charlie olhou para ela e sorriu, partindo em seguida. Às vezes a mãe ainda o tratava como se ele tivesse 5 anos.

Entre uma corrida ao andar de baixo para ver se Frieda estava bem, colocar Max na cama, limpar a cozinha, conversar com Charlie e, finalmente, tomar um banho, Olympia não teve tempo de conversar a sós com Harry até a hora de irem para a cama.

— O que você achou de Charlie? — perguntou ela, parecendo preocupada.

— Que ele está bem. Por quê? Ele parece estar se divertindo muito no hóquei. Acho que está mais tranquilo quanto aos planos futuros. No Dia de Ação de Graças, a impressão que tive foi de que ele estava tenso, mas esta noite eu achei ele mais à vontade.

— Não sei dizer exatamente o que é. Mas alguma coisa o está perturbando — disse Olympia, com os instintos aguçados de mãe.

— Ele disse alguma coisa que lhe deu essa impressão?

— Não. Ele diz que está tudo bem. Talvez seja apenas minha imaginação, mas estou convencida de que algo está se passando na cabeça dele.

— Pare de procurar coisas com que se preocupar — repreendeu Harry. — Se estiver com algum problema, ele lhe dirá. Charlie sempre foi bom nessas coisas.

Embora fosse reservado com os outros, ele era excepcionalmente próximo da mãe.

— Talvez você esteja certo — disse Olympia de forma pouco convincente e, no dia seguinte, tocou no assunto com Frieda assim que chegou do trabalho.

— Engraçado você dizer isso. — Frieda ficou pensativa. — Não sei dizer por que, mas tive a mesma impressão quando ele estava tomando chá comigo ontem. Não sei se ele está preocupado ou triste. Talvez esteja preocupado em encontrar um emprego depois de se formar. — A observação fazia sentido. Charlie era um rapaz muito responsável.

— A minha impressão é de que ele está assim desde que aquele amigo cometeu suicídio na primavera passada. Continuo a pensar que é isso. Sei que ele consultou um psicólogo na escola. Talvez seja outra coisa. Ou talvez não seja nada. Harry acha que estou me preocupando à toa — disse Olympia, tomando uma xícara de chá com a sogra no único momento de paz que tivera durante o dia inteiro. Frieda sempre dizia que ela fazia coisas demais. Era o destino de todas as mães que trabalhavam, particularmente as advogadas que tinham um filho de 5 anos em casa, um marido e três filhos na faculdade. Era como ter de se equilibrar na corda bamba, geralmente sem uma rede de segurança por baixo, de manhã até a noite.

— Os homens nunca enxergam coisas como essa — disse Frieda, ainda pensando em Charlie. — Provavelmente não é nada. Ele deve estar preocupado com o que vai fazer após se formar. É uma fase difícil para todos os jovens. Querendo ou não, eles têm de abandonar o ninho e crescer. Quando resolver se quer se mudar para a Califórnia e arrumar um emprego, estudar teologia ou ir para Oxford, ele vai se sentir melhor Todas as opções são boas, mas até tomar uma decisão, ele certamente vai continuar uma pilha de nervos. — As duas concordavam que Charlie parecia perturbado.

— Acho que você está certa. Lembro-me de como estava assustada quando terminei a faculdade. Não podia contar com a família. Estava apavorada e, então, me casei com Chauncey, pensando que o pior tinha passado. E acabou que o pior ainda estava por vir.

— Você era muito jovem para se casar. — Frieda franziu o cenho, pensando que ela era ainda mais jovem quando se casou com o pai de Harry.

Porém, as coisas eram diferentes naquele tempo; eles tinham passado pela guerra, sobrevivido aos horrores dos campos de concentração. Levavam uma vida diferente. Durante a guerra, as pessoas amadureciam depressa, particularmente ela. Sua juventude havia terminado num campo de concentração em Dachau.

— Pelo menos tive três filhos maravilhosos — afirmou Olympia, filosoficamente, e Frieda sorriu em resposta.

— Sim. Charlie é um rapaz maravilhoso, e as meninas são ótimas também.

E, então, ela olhou para a nora com uma expressão determinada.

— Eu ainda vou ao baile, você sabe. Não me importa o que digam, não perderei o baile por nada deste mundo.

Olympia lamentava que Harry não compartilhasse o mesmo sentimento.

— Harry disse que tenho de ficar em casa com ele. Ainda estou brava por se recusar a ir, mas se ele quer continuar a ser teimoso e fazer papel de bobo, o problema não é meu. Eu vou. Foi o que eu disse a ele. — Havia brilho nos olhos de Frieda.

Olympia a fitou, sorrindo.

— Eu ia tentar convencê-lo, mas acho que não tenho a mínima chance.

— Não, você não tem — concordou Frieda, parecendo uma leoa idosa, recostada no sofá com a perna engessada.

— O que acha de eu tentar alugar uma cadeira de rodas para você? — indagou Olympia, pensativa. — Charlie poderia ir buscá-la amanhã. Assim, você não precisará andar.

— É constrangedor ir assim — admitiu Frieda. — Detesto parecer uma inválida. Mas você tem razão. Se conseguir uma, tudo bem. Se não, vou mancando de muletas.

— Você tem senso de humor — concluiu Olympia, com admiração. — E é uma avó maravilhosa.

Frieda amava os filhos mais velhos de Olympia do mesmo modo que amava Max, e não fazia distinção entre eles.

— Eu vou, mesmo que seja de ambulância e que tenha de ser carregada de maca pelos paramédicos. Além disso, quero usar o meu vestido novo. Nunca fui a uma festa de debutantes, provavelmente não vou ter outra oportunidade, por isso não vou perdê-la. — Lágrimas surgiram em seus olhos ao dizer isso.

Para ela, era mais do que uma festa. Tinha a ver com ser aceita socialmente, como nunca havia sido antes. Passara anos na pobreza, sendo explorada como costureira em uma fábrica, ao lado do marido, para que o filho pudesse estudar. Antes de morrer, queria se sentir como Cinderela pelo menos uma vez também, mesmo que o filho achasse isso tolice. E queria ver o debute das netas. Olympia a entendia e prometera cumprir seu desejo. Era a realização de um sonho não só para as gêmeas. Significava muito para ela também. Mais do que Harry imaginava.

— Vai dar certo, Frieda, prometo.

A única coisa que Olympia não sabia era quem iria empurrar a cadeira de rodas, pois tinha de estar no hotel às 17h no sábado para ajudar as meninas a se vestirem, e Charlie tinha de acompanhá-las ao ensaio. Não havia ninguém para conduzi-la até o hotel, exceto Harry, que se recusava a ir. Estava pensando em alugar uma limusine e pedir para Margaret e o marido irem buscar Frieda. Era a única maneira de fazer isso.

Olympia tocou mais uma vez no assunto do baile com Harry após o jantar daquela noite, relembrando-o de que sua mãe estava incapacitada, o que fazia com que o deslocamento dela até o baile se tornasse bem mais complicado do que seria antes. Frieda precisava de alguém que a ajudasse, e Olympia esperava que ele se oferecesse. Assim ela não teria que lhe pedir ajuda diretamente.

— Eu já disse que ela não deveria ir — resmungou ele, parecendo irritado.

— Mas ela quer ir — retrucou Olympia calmamente, sem mencionar por que achava que era tão importante para Frieda.

— Ela está sendo teimosa, só isso — disse Harry, sem rodeios.

— Você também. — O tom de Olympia tinha um quê de aspereza, o que era novidade.

Harry se recusava terminantemente a ajudar, e isso estava começando a aborrecê-la de verdade. O mínimo que ele podia fazer era ajudar com o transporte da mãe, já que ela desejava tanto ir.

— Isso significa muito para a sua mãe. Talvez mais do que pareça.

No caso de Chauncey, era um esnobismo de mau gosto. Mas Frieda tinha trabalhado duro a vida inteira, sacrificara-se muito, sobrevivera a perseguições, vivera uma história longa e difícil para chegar até ali. Se desejava ir a um baile de debutantes, qualquer que fosse o motivo, era um direito seu, na opinião de Olympia, e ela faria tudo que pudesse para apoiá-la. Além disso, as gêmeas adoravam a avó e queriam que ela fosse. Frieda merecia aquela noite especial tanto quanto as meninas. Era um direito dela também. Olympia compreendia. Harry não. Ele se recusava. Suas opiniões políticas eram mais importantes para ele do que os sonhos de uma jovem ou de uma senhora idosa.

— Acho que é realmente muito importante para ela — murmurou Olympia gentilmente.

— Não deveria ser — replicou Harry, com firmeza. — E mesmo que seja, sou um dos juízes da Corte de Apelações. Não posso endossar um evento discriminatório apenas para agradar minha mãe, ou minha esposa, ou suas filhas. Estou cansado de as pessoas tentarem fazer me sentir um desmancha-prazeres por causa disso, Ollie. Acredito firmemente no que estou fazendo. Não posso ir.

— Tenho certeza de que você não seria o primeiro convidado judeu do The Arches. Até onde eu sei, moças judias já debutaram lá.

— Duvido. E mesmo que seja verdade, eu ainda tenho que me posicionar e permanecer fiel à minha posição. Não acho que Martin Luther King tenha alguma vez ido a um baile organizado pela Ku Klux Klan.

— Você e Veronica têm que boicotar tudo em que não acreditam? Não posso nem fazer compras quando ela está em casa sem me preocupar se estou perseguindo ou ofendendo alguém. Se compro uvas, é uma afronta ao César Chavez. Se compro produtos sul-africanos, estou desrespeitando Nelson Mandela. Que inferno, toda vez que visto um suéter, ou calço um par de sapatos, ou como uma fruta na minha própria cozinha, estou irritando alguém. Isso com certeza complica muito a vida e, neste caso, acho que a nossa família é mais importante do que os seus pontos de vista políticos. Tudo que a sua mãe quer no momento é ir a uma festa para assistir ao debute das netas postiças, só isso. É uma festa, uma noite na vida de uma moça que a faz se sentir especial, como um *bat mitzvah*. Você não pode engolir esse seu orgulho por uma única noite?

Era óbvio que aos poucos Olympia começava a se zangar com o posicionamento dele, mas Harry se limitou a olhar para ela e balançar a cabeça. Ele tinha ouvido o que ela dissera, e sabia que o baile era importante para Olympia e para sua mãe. Mas não concordava com elas, e não cederia um centímetro.

— Não, não posso.

— Certo. — Ela cuspiu a palavra nele, com os olhos em chamas. — Então, vá para o inferno se os seus princípios e as suas opiniões políticas são mais importantes para você do que nós. Acho que, dessa vez, você não está focado no que é importante.

— Sei como você se sente — disse Harry num fio de voz, com uma expressão profundamente infeliz. — Princípios não são como um chapéu que se tira ou põe de acordo com a conveniência. Eles são uma coroa de espinhos que você tem a obrigação de usar independentemente da circunstância.

Olympia nada disse, e saiu da sala antes que ficasse brava de verdade com ele e dissesse algo de que pudesse se arrepender depois. Sabia que não haveria sacrifícios dessa vez. Harry estava sendo realmente inflexível, e ela perdera a batalha. Gostasse ou não, fosse justo ou não, era ela quem iria ter que engolir.

Capítulo 7

Com a chegada das gêmeas da faculdade, o caos reinava em casa. Amigas entravam e saíam, e o telefone tocava constantemente. Outras garotas que também iriam debutar no The Arches apareciam para conversar com Ginny, entre risos e gritinhos, e dar uma espiada no vestido. Todas aprovaram o que viram e todas concordavam que o vestido era maravilhoso. Veronica se enfurnara no quarto com as amigas, mas nenhuma delas tinha a intenção de debutar.

Frieda tinha deixado a porta do gabinete aberta para apreciar as chegadas e partidas. Olympia levava refeições kosher para a sogra, e Charlie a ajudava e servi-las em pratos e travessas diferentes. Frieda havia sido extremamente razoável quanto a não ser tão rígida com sua alimentação como normalmente era. Ela sabia o quanto seria complicado se Olympia precisasse se preocupar com isso também. E tinha certeza de que Deus a perdoaria, contanto que ela não comesse carne com molhos feitos com creme de leite, ou camarões e lagosta. Olympia era consciente e meticulosa quanto ao que servia. E, como previsto, a presença de Charlie era uma dádiva. Ele a ajudava sempre que podia.

Na noite de quinta-feira, eles celebraram o Chanukah. Olympia acendeu as velas e rezou com Frieda. Houve troca de presentes naquela noite e nas oito seguintes. Olympia estava feliz com a presença de Frieda em sua casa. Aquilo fazia a família se sentir mais próxima. E a celebração religiosa fornecia uma distração saudável do baile, pelo menos por uma noite.

Ginny estava animada com a vinda de Steve na sexta-feira à noite, e Veronica continuava a jurar para a mãe que Jeff era completamente apresentável e que não iria arrepiar o cabelo. Ele chegaria somente no sábado de manhã, o que parecia muito em cima da hora para Olympia, mas ele tinha um compromisso na sexta-feira à noite em Providence, e Veronica disse que era o máximo que ele podia fazer. De nada adiantaria discutir. Com a proximidade do baile de debutantes, ela estava de péssimo humor.

Na noite de quinta-feira, Olympia lembrou-se de que, embora Veronica jurasse que tinha um par de sapatos de cetim branco, ela nunca os tinha visto. Resolveu dar uma olhada no armário da filha, somente para ter certeza de que eles estavam mesmo lá. Caso contrário, ela teria de comprar um par para Veronica. Senão, era possível que ela fizesse alguma loucura, como usar tênis ou sapatos vermelhos. Olympia entrou no quarto no momento em que Veronica saía do banho, enxugando os cabelos com uma toalha, de costas para a mãe. Olympia parou de repente e a encarou, horrorizada. Havia uma tatuagem gigante bem no meio das costas da filha. Uma borboleta multicolorida com as asas abertas, da largura de uma travessa. Sem se dar conta do que estava fazendo, Olympia soltou um grito, e Veronica deu um pulo e se virou. Não tinha ouvido a mãe chegar.

— Meu Deus! *O que é isso?*

Ela sabia perfeitamente bem o que era. Simplesmente não conseguia acreditar que Veronica tivesse feito aquilo consigo mesma. Era enorme. Olympia caiu no choro.

— Ora, mãe... por favor! Desculpe... eu ia contar... sempre quis fazer uma. Você vai se acostumar. — A expressão no rosto de Veronica era de pânico.

As únicas coisas que a mãe sempre havia proibido eram piercings e tatuagens. Tinha permitido que elas furassem as orelhas, mas todo o resto era tabu. E tatuagens eram inaceitáveis.

— Não acredito que você fez isso! — exclamou Olympia ao se sentar na beira da cama de Veronica.

Ela sentia que ia desmaiar. O corpo de seu bebê havia sido profanado. Não conseguia imaginar Veronica tendo de viver com aquilo pelo resto da vida. Era obsceno. Ela queria remover a tatuagem, mas sabia que, se sugerisse isso, a filha se recusaria.

— Parece que você acabou de sair da prisão.

— Todo mundo na escola fez uma. Tenho 18 anos, mãe. Tenho o direito de fazer o que quiser com meu próprio corpo.

— Você tem alguma ideia da aparência disso, ou de como vai ficar quando você tiver 50 anos? Você enlouqueceu? — De repente, ela foi tomada pelo pânico. — Ginny também fez uma?

Ao se sentar na cama ao lado da mãe e passar um dos braços ao redor de seus ombros, Veronica parecia envergonhada.

— Sinto muito, mãe. Não queria aborrecer você. Há anos que eu queria fazer uma.

Olympia sabia que era verdade, mas pensou que a tivesse convencido do contrário. Jamais havia lhe ocorrido que Veronica a desafiaria e faria uma tatuagem tão logo fosse para a faculdade.

— Por que não fez no traseiro, onde não ficaria visível? Você tem alguma ideia de como isso é feio?

— Mãe, eu adoro... sinceramente... sou eu...

Então outro pensamento passou pela cabeça de Olympia. O vestido de debutante de Veronica era aberto nas costas, e o decote descia até quase a cintura.

— Temos de comprar outro vestido.

— Não, não temos — replicou Veronica, calmamente. — Gosto do que já tenho.

Era a primeira vez que ela admitia isso, mas Olympia não poderia permitir que ela usasse aquele vestido com a tatuagem à mostra. Só se ela morresse antes.

— Eu não vou deixar você debutar no The Arches com essa *coisa* nas costas.

Ginny entrou no quarto naquele momento, procurando pelo spray de cabelos, e viu a expressão desolada no rosto da mãe. Então ela olhou para a irmã.

Veronica foi a primeira a falar:

— Mamãe sabe.

Ginny parecia pouco à vontade por estar no meio das duas e virou-se para sair do quarto.

— Fique onde está. Se vocês aprontarem mais uma, matarei as duas. E isso se aplica também ao Charlie.

— Ele jamais faria isso — assegurou Veronica. — Charlie morre de medo de deixar você brava. E Ginny também.

— O que faz com que você seja tão corajosa? — perguntou Olympia, assoando o nariz com um lenço de papel. Era como se alguém tivesse morrido, embora ela soubesse que se tratava apenas de uma tatuagem.

— Imaginei que você fosse me perdoar — respondeu Veronica com um sorriso encabulado e abraçou a mãe, que enxugava as lágrimas.

— Não esteja tão certa. E temos de fazer algo em relação ao vestido. Eu vim procurar os seus sapatos.

Algumas horas antes, eles haviam partilhado um maravilhoso Chanukah, e agora aquilo, para estragar tudo!

— Não consigo encontrá-los — admitiu Veronica com um ar despreocupado. — Acho que dei para alguém.

— Ótimo.

Aquilo não era nada se comparado ao que ela tinha feito no corpo.

— Vou comprar um par para você amanhã.

Ela iria tirar o dia de folga, como sempre fazia às sextas-feiras. Tinha um milhão de coisas para fazer. Ainda precisava encontrar uma cadeira de rodas para Frieda na loja de artigos médicos. Precisava buscar o vestido da sogra em seu apartamento. E agora, comprar um par de sapatos para Veronica. Mas tudo em que conseguia pensar, sentada ali, era na tatuagem de borboleta.

— Como é que vou encontrar um vestido novo em um dia?

— Eu visto um suéter por cima — sugeriu Veronica, quando Olympia começou a chorar mais uma vez.

Aquilo era demais para os seus nervos já em frangalhos. O acidente de Frieda, a catapora de Max, a teimosia de Harry, o resfriado que vinha durando a semana inteira e o horror da tatuagem.

— Você não pode vestir um suéter sobre um vestido de noite. Talvez consiga encontrar uma estola de cetim branco em algum lugar. Se não, estaremos em apuros.

— Ora, mãe, por favor. Ninguém vai ficar chateado por causa disso.

— É claro que vai, e eu já estou. Você podia ao menos fazer a minha vontade, pelo amor de Deus — disse Olympia, de coração partido e furiosa ao mesmo tempo.

— Estou fazendo — lembrou Veronica. — Estou debutando, não estou? Você sabia que eu não queria. Então, dá um tempo.

— Estou dando. Só não sabia que em troca você partiria o meu coração. É a sua vingança por eu fazer você debutar? A borboleta de ferro?

— Não, mãe — respondeu Veronica, com um ar infeliz. — Fiz na primeira semana da faculdade, como um símbolo da minha independência e do voo de liberdade. Minha metamorfose para a fase adulta.

— Maravilhoso. Acho que tenho sorte de você não ter incluído uma lagarta também, para mostrar o antes e o depois.

Ela se levantou, olhou para as filhas e, sem dizer mais uma palavra, saiu do quarto. Passou por Harry na escada e sequer olhou para ele. Desceu até a cozinha e preparou uma xícara de chá. Harry percebeu o quanto ela estava aborrecida e pensou que ainda era por sua causa. Passava da meia-noite, e Olympia estava severamente exausta.

Através da porta aberta, Frieda viu a nora passar de cabeça baixa e, alguns minutos depois, chegou à cozinha de muletas. Olympia estava sentada à mesa, chorando debruçada sobre a xícara de chá. Pensava no vestido decotado nas costas e no que iriam fazer para resolver aquilo. Mais do que isso, estava pensando no corpo jovem e perfeito de Veronica, e em como a filha o tinha desfigurado. Nunca mais seria o mesmo.

— Ei — disse Frieda, olhando para a nora. Tinha um pressentimento de que alguma coisa estava errada, e por isso tinha vindo atrás dela. Olympia jamais deixaria de dar uma olhada para ver como ela estava. — Qual é o problema? — perguntou, enquanto se acomodava com cuidado numa das cadeiras do outro lado da mesa. — Espero que não seja nada grave.

Ela esperava que não fosse por causa da teimosia de Harry de novo. Sabia que ele só acrescentava mais estresse para Olympia com sua recusa em comparecer ao baile com a família. Nunca tinha visto a nora em lágrimas, e isso a deixou preocupada. A noite estava sendo perfeita até então, e agora parecia que o clima fora quebrado.

— Eu ia parar para me despedir antes de cometer suicídio, mas achei melhor tomar uma xícara de chá antes. — Olympia sorriu para a sogra em meio às lágrimas.

— É tão ruim assim? Quem fez isso com você? Vou dar uma surra neles, só me diga quem foi.

Era como ter uma mãe de novo, e isso comoveu Olympia profundamente enquanto ela alcançava a mão de Frieda do outro lado da mesa. A tatuagem de Veronica tinha sido demais para ela. Parecia tolice, mas estava arrasada. Que coisa mais estúpida de se fazer. E, pior ainda, era permanente. Olympia tinha certeza de que Veronica iria se arrepender mais tarde, mas teria de arcar com as consequências. E removê-la, caso um dia quisesse fazer isso, seria complicado.

— Se Harry fez você chorar desse jeito, vou matá-lo — exclamou Frieda com firmeza, e Olympia balançou a cabeça.

— Veronica — disse ela, e então assoou o nariz, que estava bastante vermelho e irritado de tanto ser assoado durante a semana. Pelo menos os antibióticos tinham ajudado Ginny. Ela estava bem melhor ao chegar em casa. Olympia mal conseguia pronunciar as palavras ao olhar para a sogra no outro lado da mesa. — Ela fez uma tatuagem.

— Uma tatuagem? — Frieda se surpreendeu. Isso não tinha lhe passado pela cabeça. Seria a última coisa numa lista de tragédias prováveis. — Onde?

— No meio das costas — respondeu Olympia, pesarosa. — Deste tamanho! — Com um gesto, ela indicou o tamanho da tatuagem com precisão.

— Ah, não — exclamou Frieda, digerindo a informação que Olympia compartilhara com ela. — Isso não é bom. Que tolice. Sei que tatuagens estão na moda agora, mas um dia ela vai se arrepender de ter feito.

— E o pior é que ela está feliz com isso. Tenho de encontrar um vestido novo amanhã. Ela não pode vestir o que tem. Preciso comprar um que cubra as costas. Ou uma estola. Não sei que tipo de milagre posso fazer em apenas um dia. — Ela ainda se sentia doente e infeliz.

Frieda ficou pensativa por um momento e meneou a cabeça.

— Arranje 4 metros de cetim branco amanhã, dos bons, não desses sintéticos e baratos. Vou fazer uma estola para Veronica. Ela pode usá-la pelo menos na apresentação. Depois, bem... depois fica por conta de vocês. Acha que ela usaria uma estola? — Frieda estava tão preocupada quanto Olympia, não apenas pela tatuagem, mas por causa do baile, que seria dali a apenas dois dias.

— Ela vai usar o que eu mandar, nem que seja uma armadura — declarou Olympia. — Não sei quando ela planejava me contar, mas eu teria enfartado se tivesse visto durante a mesura.

Olympia balançou a cabeça e olhou para a sogra. As duas mulheres trocaram um sorriso.

— Filhos. Eles sem dúvida animam a vida, não é mesmo? — Olympia riu, tristonha, e a sogra afagou-lhe a mão.

— Eles nos mantêm jovens. Acredite em mim, assim que param de nos surpreender, é o fim de tudo, e você sente a falta deles o tempo todo. Minha vida nunca mais foi a mesma desde que Harry foi para a faculdade e saiu de casa.

— Pelo menos ele nunca fez uma tatuagem.

— Não, mas se embebedava com os amigos e tentou se alistar na Marinha quando tinha 17 anos. Graças a Deus foi rejeitado porque era asmático. Eu morreria se ele tivesse sido aprovado. O pai quase o matou. Bem, vamos ser práticas. Amanhã você traz quatro metros de cetim para mim, e faremos uma estola para cobrir a tatuagem. É mais fácil do que encontrar um vestido novo, e vai levar apenas algumas horas. Eu nem preciso da máquina de costura. Posso fazer à mão.

— Eu amo você, Frieda. Juro que pensei que fosse desmaiar quando vi aquela coisa nas costas dela. Ela havia acabado de sair do banho. Acho que vinha escondendo isso há meses.

— Podia ser pior. Uma caveira com ossos cruzados, ou o nome de um rapaz qualquer que logo seria esquecido. A propósito, como vai o romance de Ginny? O garoto ainda vem?

— Amanhã à noite, aparentemente, e ela diz que está tudo bem. Veronica não gosta dele, e ela tem um bom julgamento quando se trata de homens. Melhor do que Ginny. Espero que seja um bom rapaz. Ela mal pode esperar que ele veja seu vestido.

— É tudo tão encantador — concluiu Frieda com um brilho nos olhos —, e não se preocupe, vamos cobrir a tatuagem. Ninguém vai saber, exceto nós.

Era muito bom ter uma sogra que gostava de resolver os problemas em vez de criá-los. Olympia sabia que isso era raro, e estimava Frieda imensamente.

Ela contou a Harry sobre a tatuagem quando foram se deitar, e ele ficou tão chocado quanto ela. Desfigurar o corpo não só era contra os seus princípios, mas contra sua religião também. Ele conseguia imaginar exatamente como Olympia se sentia.

Na manhã seguinte, ela ainda estava aborrecida quando saiu para comprar a peça de cetim branco. Depois, foi à Manolo Blahnik comprar os sapatos de cetim da mesma cor, e o tecido chegou às mãos de Frieda ao meio-dia. Tinha exatamente o mesmo tom, brilho e peso do tecido do vestido. Era perfeito. Por volta das 16h, quando Olympia e Charlie chegaram com a cadeira de rodas, a estola, imaculada e primorosamente costurada à mão por Frieda, jazia pendurada em um cabide. Estava tudo pronto. Quando Veronica a experimentou ao chegar em casa, viram que o comprimento era exato, e ela prometeu usá-la na noite seguinte. Pelo menos para o baile o problema fora resolvido. Era um peso a menos na cabeça de Olympia, ainda que permanecesse em seu coração.

Ela, Harry e a sogra planejavam um jantar tranquilo naquela noite. Harry se ofereceu para cozinhar. Max ainda estava de cama, assistindo a seus vídeos dia e noite. E os três filhos mais velhos iam sair. Olympia ansiava por uma noite tranquila. Frieda experimentou a cadeira de rodas e achou-a prática e confortável. Iria facilitar muito a sua vida na noite seguinte. A cadeira ficou dobrada no hall de entrada, para que o motorista pudesse colocá-la na limusine. Margaret tinha concordado em buscar Frieda, uma vez que Olympia já estaria no hotel com as meninas.

Eles desfrutaram uma refeição aconchegante naquela segunda noite do Chanukah. Frieda acendeu as velas e recitou a prece tradicional. Olympia adorava ouvi-la, e isso fazia Harry se lembrar de sua infância, embora também gostasse quando era a vez da esposa.

Estavam todos prontos para ir para a cama quando Olympia ouviu Ginny chegar. Vozes vinham do hall no andar de baixo, ao lado do quarto de Frieda, seguidas do barulho de passos apressados na escada. Através da porta aberta, Olympia a viu passar correndo e ouviu os seus soluços.

— Hum. — Ela olhou para Harry. — Problemas em River City. Já volto.

Olympia foi até o quarto de Ginny e a encontrou deitada na cama, chorando copiosamente. Cerca de dez minutos se passaram até que a mãe descobrisse qual era o problema. Steve havia chegado de Providence naquela noite, fora jantar com ela e dissera que, na verdade, tinha vindo à Nova York para dizer que tudo estava terminado entre eles. Ele rompera com ela e já tinha outra namorada. Ginny estava fora de si. Era apaixonada por ele. Olympia não conseguia imaginar o motivo que o fizera ir até lá e dizer pessoalmente que não a queria mais um dia antes da grande noite. Não podia ter contado depois, ou mesmo telefonado? Para ela, aquilo não passava de um golpe sujo e devastador para Ginny. Não havia muito a dizer para consolá-la.

— Sinto muito, meu amor... sinto muito mesmo... que coisa horrível de se fazer. — Não parecia justo dizer que ela iria esquecê-lo e que outros homens apareceriam em sua vida depois. Naquele exato momento, a sensação era de ter sofrido um golpe fatal, uma trapaça cruel.

— Eu não vou amanhã — proclamou Ginny, com a voz abafada pelo colchão. — Não posso, não tem mais importância. Não vou debutar... preferia estar morta.

— Não, não preferia. E você tem que debutar. É um momento especial em sua vida. Você tem esperado por isso com ansiedade. Não pode deixar esse rapaz estragar tudo. Não faça isso por ele. Sei que está se sentindo péssima agora, mas amanhã à noite você estará bem melhor... é sério, você sabe que sim. — Seu coração estava aos pedaços.

Por que o cretino tinha de fazer aquilo com ela agora? Não podia ter esperado até domingo? O infeliz tinha algum tipo de consciência? Aparentemente não. Olympia passou uma hora conversando com a filha, e, por fim, Ginny continuava a insistir que não iria mais ao baile. Ela ficaria em casa com Max e Harry na noite seguinte. Veronica teria que debutar sozinha.

— Não vou deixar você fazer isso — discordou Olympia com firmeza. — Sei que você está se sentindo péssima agora. Mas amanhã à noite, vai estar linda de braços dados com Charlie, fará sua mesura e todos os rapazes presentes se apaixonarão por você. Ginny, você tem que fazer isso.

— Não consigo, mãe — choramingou ela, com os olhos fixos no teto. Parecia que o mundo tinha acabado para ela, e as lágrimas continuavam a escorrer pelo seu rosto. Olympia sabia que aquilo era terrível, mas não havia dúvidas de que a filha sobreviveria à decepção com Steve, o idiota. Ela queria estrangulá-lo por infligir tanta dor em sua menina. Tudo que podia fazer no momento era ajudá-la a recolher os cacos.

Era quase meia-noite quando voltou para o quarto. Ginny ainda estava triste, porém um pouco mais calma. Ela finalmente parara de chorar. E Harry estava completamente adormecido. Olympia se deitou ao lado dele na cama, fechou os olhos e rezou em silêncio...

Por favor, Deus, permita que estejam todos sãos amanhã à noite... Não vou conseguir aguentar mais surpresas... Por favor, só por uma noite... Obrigada, Deus... Boa noite.

Em seguida, caiu num sono profundo.

Capítulo 8

O dia seguinte, o sábado do baile, amanheceu gelado e com um sol radiante. Não nevou, não choveu, fazia mais frio do que no polo norte, mas estava um dia maravilhoso quando Olympia acordou, temerosa. Tudo que ela desejava era que o dia passasse depressa; queria vestir as meninas, vê-las fazer a mesura, descer as escadas e sobreviver à noite. Não era pedir muito, porém, naqueles últimos dias, era quase um milagre ninguém ter quebrado a perna, contraído uma doença rara ou sofrido um ataque de nervos. Se algo assim fosse acontecer a alguém, Olympia planejava ser a primeira.

Ao meio-dia, ela levou as gêmeas ao cabeleireiro. Havia marcado hora para ela também no mesmo salão às 14h. Às 16h, todas estariam prontas. Ela preparou o café da manhã para todos e serviu o de Frieda numa bandeja. A sogra lhe desejou "boa sorte" para o evento da noite e perguntou se poderia ajudá-la de alguma maneira. Olympia se assegurou de que tudo estava em ordem. As meninas ainda estavam dormindo. Harry tinha saído cedo para jogar squash no clube. Max estava se sentindo melhor. Charlie passara a noite na casa de amigos. Por enquanto, o clima era de paz na casa.

Às 11h, Ginny se levantou e desceu as escadas correndo com uma expressão de pânico estampada no rosto. Encontrou a mãe no quarto de Frieda, onde ela entrou de supetão, anunciando:

— Perdi uma luva! — Uma das brancas e compridas, presumivelmente, que as meninas eram obrigadas a usar. A mãe parecia calma.

— Não, não perdeu. Vi as duas ontem. Estavam em cima da sua cômoda, junto com a bolsa.

Ginny pareceu instantaneamente desconfortável e ligeiramente culpada.

— Levei-as à casa de Debbie ontem à noite, para mostrar como eram deslumbrantes, e então aconteceu tudo aquilo com Steve. Esqueci uma. Ela me disse que o cachorro mastigou e destroçou a luva.

— Ah, por Deus... — Olympia se esforçou para não ficar abalada. — Onde vou conseguir outro par? Certo, certo... vou sair agora, antes de levar vocês ao cabeleireiro. Espero que tenham outro par do seu tamanho.

Frieda observou, admirada, a maneira firme com que a nora lidava com a situação. Dez minutos depois, Olympia, vestindo jeans, uma parca de esquiar e botas com forro de pele, saiu correndo de casa. Milagrosamente, ela estava de volta um pouco antes do meio-dia, com o par de luvas do tamanho de Ginny. Problema resolvido. Desastre evitado. Ponto para ela.

Elas saíram faltando cinco minutos para o meio-dia, e após deixá-las no cabeleireiro, Olympia voltou para casa. Serviu o almoço para Max, preparou uma refeição kosher para Frieda e deixou um sanduíche pronto para quando Harry voltasse da partida de squash. Dez minutos depois, Charlie chegou e ficou de um lado a outro atrás da mãe. Ele parecia nervoso, e Olympia se perguntou se ele estava ansioso por causa do baile. Charlie lhe garantiu que ficaria bem. Ela se sentou à mesa com Harry por meia hora e conversaram sobre assuntos variados. Ela não fez qualquer menção ao baile. O assunto estava encerrado, e assim permaneceria. Então, ela subiu para trocar de roupa, e Charlie entrou no quarto.

— Tudo bem? — perguntou Olympia, e ele assentiu com uma expressão distraída. — Está preocupado com alguma coisa? — Ele balançou a cabeça e saiu de novo.

Ela começou a ficar preocupada com o filho, mas não tinha tempo para isso agora. Pouco depois, Margaret ligou. A mãe dela estava se sentindo mal e com febre devido à mastectomia, e podia ser uma infecção. Ela ainda iria ao baile, mas se atrasaria. Tinha de ficar com a mãe no hospital para ajudá-la na hora do jantar. Não poderia passar para buscar Frieda. Sentia-se péssima em deixar a amiga na mão, mas não havia outra escolha. Olympia disse que entendia e, após desligar, ficou olhando fixamente para o telefone, tentando encontrar uma solução. Ela tinha de estar no hotel com as meninas a partir das 17h. Charlie precisava de estar lá às 16h, e assim não sobrava ninguém para acompanhar Frieda na limusine. Foi quando teve a ideia de discutir o assunto com Harry.

Ele a ouviu com atenção, certo de que ela ia tentar convencê-lo a acompanhá-la no último minuto. Ela havia perdido as esperanças completamente. Tudo que queria de Harry era que ele colocasse a mãe na limusine, juntamente com a cadeira de rodas, e telefonasse para o celular de Olympia assim que Frieda saísse de casa. Ela sairia pelo lobby, acomodaria Frieda na cadeira, e subiria com ela para o jantar antes do baile. Da maneira como falou, parecia simples. O que ela não mencionou ao marido foi que estaria vestindo duas meninas histéricas, assistindo à sessão de fotos de ambas e tentando acalmá-las enquanto ela mesma se vestia.

— Você pode fazer isso para mim? — perguntou após descrever o plano.

— Claro que posso. Ela é minha mãe.

Olympia não fez qualquer comentário a respeito da ausência dele, tampouco pediu que ele a acompanhasse. Tudo
que Harry tinha de fazer era colocar a mãe na limusine e
ligar para ela. Ambos sabiam que era o mínimo que ele podia
fazer, independentemente de suas opiniões políticas. Harry
parecia levemente constrangido ao garantir à esposa que faria
a sua parte.

— Ótimo. Obrigada e até mais tarde — disse ela, e saiu
voando de casa para ir ao cabeleireiro.

Ginny já estava pronta. Veronica seria penteada ao mesmo tempo que a mãe. Ginny faria as unhas enquanto isso.
Veronica tinha feito as dela primeiro. Tudo estava sendo tão
cronometrado quanto o pouso das tropas aliadas na Norman-
dia no Dia D.

Às 15h30, Olympia ligou para casa a fim de lembrar Charlie de que estava na hora de ir para o hotel, levando casaca,
calças, camisa, gravata branca, camiseta, meias e sapatos de
couro envernizado. E as luvas que ele tinha de usar. Ele disse
que sairia em cinco minutos. Estava pronto.

Olympia e as meninas chegaram em casa às 16h15, perfeitamente penteadas e com unhas feitas. Harry estava jogando
baralho com Max. Charlie já havia saído. E Frieda estava
tirando um cochilo. Elas pegaram os seus pertences, e mãe
e filhas foram para o hotel às 16h30 com tudo em ordem.
Hospedaram-se no quarto reservado por Olympia no hotel
onde aconteceria o baile. Olympia então ligou para Harry.
Mal tinha se despedido ao sair de casa. Lembrou-o sobre
a hora que ele deveria colocar a mãe na limusine e para lhe
telefonar em seguida. Ele disse que já sabia, e pareceu não
querer falar muito. Prometeu acordar a mãe às 18h e ajudá-la
a se vestir. A limusine chegaria para buscá-la às 19h15. Um
jantar fora organizado para as meninas, os acompanhantes

e as famílias. O restante dos convidados chegaria às 21h. O ensaio era às 17h, no mesmo salão do baile. Olympia desceu com as meninas dentro do horário, faltando dez para as 17h.

No exato momento em que Olympia surgiu com as gêmeas na entrada do salão para o ensaio, o acompanhante de Veronica, Jeff Adams, entrou carregando um cabide com a casaca. Olympia fechou os olhos, pensando que estava sofrendo uma alucinação. Mas não estava. O cabelo de Jeff Adams era azul fosforescente. Não era azul-escuro ou azul-noite, que poderiam perfeitamente passar por preto num salão às escuras. O tom estava entre o turquesa e o safira, e não havia como se enganar sob qualquer luz. Ele parecia satisfeito consigo mesmo e insuportavelmente arrogante ao trocar um aperto de mão com Olympia. Veronica olhou para ele e riu. Ginny ainda parecia um zumbi após a infidelidade de Steve na noite anterior. Ele havia dito que, mesmo que a estivesse deixando para ficar com outra garota, ainda "desejava" ir ao baile. E para o horror de Olympia, Ginny dissera que ele poderia ir. Ela disse que gostaria de ter uma última noite com ele. A ideia deixava Olympia nauseada, mas ela não queria perturbar ainda mais a filha. A chegada dele estava prevista para as 21h, juntamente com os outros convidados, uma vez que ele não era um dos acompanhantes. Steven iria se sentar à mesa com Olympia e os demais. Ela se sentia seriamente tentada a esfaqueá-lo com um garfo. Desejou fazer o mesmo com Jeff quando Veronica o elogiou pela fabulosa cor dos cabelos. Ele entregou a casaca para Olympia e pediu que ela a segurasse durante o ensaio. Ela queria matá-lo.

Todos se alinharam para o ensaio em quatro filas retas, duas de debutantes, duas de acompanhantes, enquanto os membros do comitê do baile caminhavam entre eles, inspecionando-os. Uma matrona de aparência sóbria, usando calças largas e pretas com uma jaqueta Chanel, parou diante de Jeff e explicou a situação em termos bem claros. Após o ensaio, ele tinha até as 21h para fazer com que o cabelo voltasse a ter uma cor normal, cor que os humanos costumavam usar, qualquer uma que ele preferisse, original ou não. E caso ele preferisse continuar com aquela cor, outro acompanhante seria providenciado para Veronica. A chefe do comitê deixara bem claro que a escolha era dele. Jeff parecia desanimado de certo modo, e Veronica continuava a rir do amigo. A impressão era de que ela estava achando aquela situação toda engraçada demais, e a mãe estava seriamente brava com ela. Levando em conta a descoberta da tatuagem nas costas e a cor dos cabelos de seu acompanhante, Veronica parecia estar entrando em uma nova fase de sua vida. Não bastava mais desprezar o que a mãe lhe comprava. Aparentemente, ela agora tinha de chocar e dar um espetáculo na frente de todos. Olympia não estava nem um pouco contente com aquilo.

Ela repreendeu a filha quando voltaram para o quarto, após o ensaio, para se vestir.

— Veronica, aquilo não foi engraçado. Tudo que Jeff fez foi deixar os membros do comitê loucos da vida com ele, e com você por associação.

— Ah, mãe, não seja tão severa. Se somos obrigados a fazer algo tão estúpido quanto isso, melhor que seja com algum senso de humor.

— Não vejo humor nenhum nisso — insistiu Olympia. — Foi grosseiro e irritante. Ele vai mudar a cor do cabelo?

— Claro que vai. Ele só fez isso para ser engraçado.

— Mas ele não foi. — Olympia estava zangada e, àquela altura, Ginny estava chorando de novo.

Ela havia recebido um telefonema de Steve no celular. Ele não tinha mais certeza se iria ou não. Achava que poderia ser muito difícil para ela. Ginny disse, entre soluços, que seria mais difícil se ele não fosse. Ela praticamente implorou para

135

que ele fosse, para o horror de Olympia, que a escutava, e ele finalmente concordou em comparecer. Se Olympia fosse capaz de matá-lo só com o pensamento, o infame Steve teria morrido na hora. Em vez disso, ele seria seu convidado para o jantar e responsável pelo coração partido de sua filha numa das noites mais importantes de sua vida.

Às 18h, as meninas colocaram os vestidos e Olympia fitou-as com lágrimas nos olhos. O momento era inesquecível. Elas pareciam princesas de contos de fadas, e a estola de Veronica cobria-lhe discretamente as costas.

Às 19h, as meninas se encontraram com o fotógrafo, enquanto Olympia permaneceu no quarto para se vestir. A meia-calça desfiou assim que ela a colocou, mas felizmente tinha trazido uma avulsa. O zíper do vestido emperrou enquanto o fechava, porém ela conseguiu de algum modo remediar a situação. Olympia parou por um minuto, tentou desacelerar, e retomou o fôlego. Seus cabelos estavam bem-arrumados. A maquiagem que escolhera combinava com o vestido. Os sapatos a estavam matando, mas ela já esperava por isso. A bolsa de noite era perfeita. Ela estava usando as pérolas que tinham sido de sua mãe, e os brincos do conjunto. Olhou-se no espelho e tudo parecia estar de acordo. Ela passou batom e vestiu a estola azul-marinho no momento em que o celular tocou. Era Harry avisando que tinha colocado a mãe na limusine. Eram 19h15. E ele disse que Max estava se sentindo melhor.

— Vou descer agora mesmo e pegar a sua mãe — comentou Olympia, parecendo estar sem fôlego.

— Como as coisas estão indo? — perguntou ele em tom de preocupação. Olympia obviamente estava uma pilha de nervos, Harry podia perceber em sua voz.

— Não sei, acho que estou mais nervosa do que as meninas. Ambas estão lindas. Estão fazendo a sessão de fotos agora. Tenho que me juntar a elas assim que sua mãe chegar.

Chauncey e Felicia provavelmente já estão lá embaixo. — isso não a deixava muito feliz.

Ela não disse a Harry que sentia sua falta, porque não queria fazê-lo se sentir ainda mais culpado. Não havia motivo. Afinal, ela não conseguiria nada com isso. Por um breve momento, Olympia fantasiou que ele estava na limusine com a mãe, mas pelo barulho da voz de Max no fundo, era óbvio que Harry estava em casa. Aquilo era apenas uma das decepções que aconteciam num casamento, uma decepção que ela teria de engolir e esquecer. Havia várias outras situações em que Harry agia do modo correto. E fora isso, ela sempre pôde contar com ele, e contaria novamente. Essa era a única coisa que ele não poderia fazer por ela, e ela não tinha outra escolha a não ser aceitar. Não fazia sentido prejudicar a relação de ambos por causa de um baile de debutantes ao qual ele não queria ir. Ela não podia permitir que isso tivesse tanta importância. Despediu-se dele apressadamente, deixou o quarto e desceu de elevador. Estava esperando na rua por Frieda, tremendo de frio, quando a limusine chegou. A aparência de Frieda era digna de uma grande dama em seu elegante vestido preto, com os cabelos presos num coque suave que ela mesma havia feito. O porteiro ajudou-a a se sentar na cadeira de rodas e conduziu-a para dentro. Agora era a vez de Olympia empurrá-la.

Olympia colocou a sogra dentro do elevador e elas subiram até o andar do salão, onde as famílias das debutantes, orgulhosas, estavam reunidas para serem fotografadas. As mães haviam recebido pequenos arranjos de gardênias para prender nos vestidos, no pulso, ou simplesmente segurar as debutantes, coroas de minúsculas flores brancas para colocar na cabeça e buquês para carregar quando saíssem do palco. A imagem de cinquenta moças todas vestidas de branco, com coroas de flores na cabeça e buquês nas mãos, tinha um toque encantadoramente virginal, e trouxe lágrimas aos olhos de Olympia e Frieda.

— Elas estão tão lindas. — Frieda suspirou, e Olympia ficou profundamente comovida em ver como aquilo era importante para a sogra.

Ela era a avó de coração das gêmeas. Frieda então olhou para Olympia e balançou a cabeça.

— Sinto muito pelo Harry não estar aqui com você. Ele é ainda mais teimoso do que o pai. Falei para ele hoje que estava envergonhada — disse ela com tristeza, e Olympia lhe deu um tapinha de consolo no braço.

— Está tudo bem. — Não havia mais nada a dizer.

Harry tomara uma posição e se mantivera fiel a ela, sem se importar se Olympia havia ficado decepcionada ou não. Frieda estava espantada com a generosidade da nora em relação ao assunto. Não tinha certeza se ela própria teria conseguido agir da mesma maneira. Estava furiosa com o filho por ele ter deixado Olympia na mão. Mas, antes que conseguisse dizer mais alguma coisa, um homem alto e loiro, de casaca e gravata branca, aproximou-se delas com uma mulher tão alta quanto ele ao seu lado. Chauncey e Felicia. Olympia apresentou-os a Frieda. Felicia a cumprimentou educadamente, e Chauncey ignorou-a por completo enquanto falava com a ex-mulher. Apesar de ter se vestido depressa, sem prestar muita atenção a si mesma, Olympia estava espetacular naquela noite. Chauncey lançou-lhe um olhar experiente.

— Você está ótima, Olympia — disse, beijando-a no rosto.

Ela agradeceu e trocou um aperto de mão com Felicia, que parecia um tanto tola num vestido cor-de-rosa apertado e com o decote pronunciado demais. Olympia ficou surpresa ao notar que Felicia estava vestida de uma maneira vulgar. Não se lembrava dela assim, porém havia anos que não se viam. Felicia não tinha melhorado com o passar do tempo.

E Olympia podia entender que os comentários pouco elogiosos das gêmeas em relação à madrasta estavam corretos. Ela parecia tola e se vestia de forma inadequada à idade. O longo azul-marinho de excelente corte de Olympia parecia mais elegante, muito mais sensual, e o decote não era nem um pouco pronunciado. Ela tinha uma aparência esplendorosa e digna. Chauncey pareceu perceber isso também. Colocou um dos braços ao redor dos ombros dela e lhe deu um abraço "em nome dos velhos tempos". Ao olhar para ele, Olympia suspeitou de que já estivesse bêbado. E de que Felicia também seguia o mesmo caminho. Aquilo não ia ser divertido.

— Onde estão as nossas meninas? — perguntou Chauncey, olhando ao redor.

— Elas estão tirando fotos com os acompanhantes. Vão posar conosco em poucos minutos.

Olympia se sentia como um comandante a bordo de um navio para o inferno. A noite estava sendo difícil em todos os aspectos. A decepção amorosa de Ginny, o cabelo azul do acompanhante de Veronica, sem falar na tatuagem de borboleta e os acontecimentos da semana, com tornozelos quebrados, catapora, resfriados e gripe. Os últimos dias haviam sido extremamente estressantes, e Olympia achava difícil relaxar ao lado de Chauncey e a esposa. Teria sido mais fácil se Harry estivesse presente. Em vez disso, ela estava empurrando a mãe dele numa cadeira de rodas. Ela não conseguia se lembrar de que lampejo de insanidade a fizera pensar que a noite seria divertida. Até agora havia sido tudo, menos isso. Tudo que esperava era que Ginny não perdesse mais uma luva.

Ela então teve o primeiro vislumbre de Jeff desde que o encontrara durante a tarde. Ele saiu do salão acompanhado de Veronica e seus cabelos não estavam mais azuis, mas profundamente negros e brilhantes como as asas de um corvo. Uma cor que não poderia ser chamada de natural, pois era evidente que o cabelo fora tingido. O visual era bastante "punk rock", mas o comitê resolvera ignorar o fato. Olympia era grata por pequenas misericórdias. Jeff a encarou com um divertido olhar de presunção, e ela sentiu vontade de esbofeteá-lo. Ele era a arrogância em pessoa, embora ela tivesse de reconhecer que era um rapaz bonito, mas que pensava ser mais esperto que todo mundo, especialmente os pais ali presentes. Olympia não conseguia deixar de pensar que talvez Veronica o tivesse convidado somente para aborrecê-la. Ela fizera o possível para isso, uma vez que Olympia e Chauncey a haviam forçado a debutar. Veronica concordara, mas ninguém poderia forçá-la a levar o baile a sério ou então deixar de se divertir. E Ginny ainda estava deprimida quando ela e a irmã beijaram o pai e cumprimentaram Felicia. As duas estavam lindas, e Frieda chorou de emoção ao abraçá-las.

Após as fotos de família, as gêmeas, seus familiares e seus acompanhantes foram jantar em outro andar. Olympia se sentou entre Veronica e Frieda. Chauncey e Felicia estavam próximos a Ginny. Tudo parecia correr perfeitamente até o momento em que Chauncey se levantou para ir ao banheiro, no meio do jantar. Veronica tinha enrolado a estola no espaldar da cadeira. O cetim escorregadio a atrapalharia durante o jantar. Ela e a mãe haviam se esquecido momentaneamente da razão de ela estar usando a estola. Chauncey parou bem atrás da cadeira e agiu como se tivesse levado um tiro. Virou-se para Olympia, lançando-lhe um olhar de descrença.

— Você perdeu a cabeça?

Olympia não tinha a menor ideia do que provocara a reação dele; sabia apenas que ele havia bebido. Felicia parecia tão perplexa quanto ela, e então Olympia percebeu que ele estava olhando para a tatuagem nas costas da filha.

— Vocês duas enlouqueceram de vez? Como deixou que isso acontecesse? — Ele encarou Olympia por sobre a cabeça da filha.

— Na verdade, Chauncey — disse ela com uma expressão irritada, mas fria —, ela escapou da cela, mesmo algemada. Quase como Houdini, o mágico.

— Não é engraçado. Esta é a coisa mais repugnante que já vi. Ela vai ter que remover isso cirurgicamente, ou não pagarei mais a anuidade. — A recusa em pagar pelos estudos das meninas parecia ter se tornado seu único recurso de chantagem e, ultimamente, o seu mantra.

— Não acho que este seja o lugar para discutirmos isso — disse Olympia com um olhar conciliador.

Todos à mesa assistiam à cena, e ninguém fazia ideia do que ele estava falando, uma vez que estavam sentados de frente para Veronica. Ela se virou para o pai, claramente indignada.

— Pare de ameaçar minha mãe. Eu já tenho 18 anos, e fiz isso porque quis. Ela só ficou sabendo esta semana.

— Veronica, você está descontrolada — bradou ele num tom estrondoso, e todos no salão ouviram. — Se pretende se desfigurar desse jeito, a prisão é o seu lugar, com outras pessoas parecidas com você.

Por um momento, Olympia ficou apavorada, pensando que Veronica fosse mandá-lo se foder e causar um escândalo ainda maior. Todos estavam prestando atenção à cena. Chauncey não fora nada sutil e, graças ao álcool que já havia consumido, falou alto. Até mesmo Felicia ficou surpresa com o alarde que ele estava fazendo.

— Não vou discutir isso com você, pai. Por que você não cresce? — desabafou Veronica ao ficar de pé e encarar o pai. — É apenas uma tatuagem, não um crime. Por que você não toma mais um drinque? Tenho certeza de que se sentirá melhor — acrescentou num tom gélido, e então saiu do salão.

Jeff correu atrás dela. Quando Veronica deixou o salão, todos viram a tatuagem à qual Chauncey se opunha tão ruidosamente. Felicia se virou para olhar e arfou. Em seguida,

141

ela garantiu a todos na mesa que jamais passaria pela cabeça de uma de suas filhas fazer algo assim, e então admitiu que a mais velha tinha apenas 13 anos. Olympia sabia que muita coisa iria mudar na vida de Felicia nos próximos cinco anos. Apesar de todos os esforços, não havia muito o que fazer para controlar os filhos.

Olympia também não gostava da tatuagem, mas, para sua surpresa, achou que Veronica tinha lidado com a situação com muito mais decoro e dignidade do que o pai. Do outro lado da mesa, Charlie lançou um olhar de cumplicidade para a mãe, e, um momento depois, todos voltaram a conversar. Pouco antes de terminar o jantar, a mãe de uma das debutantes se aproximou, com uma expressão compreensiva, para falar com Olympia.

— Sei como você se sente. Minha filha de 19 anos chegou da universidade com os braços tatuados também. Foi a pior coisa que já vi, mas não havia nada que eu pudesse fazer. Não quero nem pensar em como aquilo vai ficar quando os braços começarem a ficar flácidos. Mas elas poderiam estar fazendo coisas piores.

Olympia não sabia exatamente o que elas poderiam estar fazendo, mas tinha certeza de que podia pensar em alguma coisa. E estava grata pela solidariedade da outra mãe ao vir tranquilizá-la.

— Ainda estou chocada. Só fiquei sabendo há dois dias. A minha sogra fez uma estola para acompanhar o vestido. Não tínhamos muita certeza se o comitê apreciaria o desenho.

— Pois fique tranquila, porque sua filha não é a primeira menina a debutar com uma tatuagem. O acompanhante da minha filha mais velha apareceu com um piercing parecido com uma argola de boi no nariz.

— E um dos nossos veio com o cabelo azul — confessou Olympia, e ambas as mulheres riram das tolices da juventude.

— As coisas eram muito diferentes na nossa época. Minha avó teve um ataque porque usei um vestido tomara que caia. Acho que, na época em que debutou, todas tinham que cobrir os ombros. É como as coisas são hoje em dia.

— Acho que você está certa — concordou Olympia, acalmando-se finalmente.

Ela percebeu que Chauncey ainda estava furioso ao retomar seu assento. Ele olhou para a ex-esposa no outro lado da mesa, enquanto Frieda o observava com o cenho franzido.

— É a coisa mais ultrajante que já vi — resmungou ele, num tom mais baixo dessa vez. A essa altura, Felicia já sabia do que se tratava.

— Também não gosto nem um pouco — murmurou Olympia, depois que ele se sentou. — Ela fez isso na faculdade. Só descobri esta semana.

— Você é liberal demais com aquela menina; de fato, com todos os seus filhos. Veronica ainda vai acabar na prisão, acusada de comunismo — prosseguiu ele ao pedir mais um drinque.

— Ninguém manda comunistas para a prisão, Chauncey. Veronica é liberal, mas não é louca. Ela só quer provar que tem ideias próprias.

— Isso não é jeito de provar nada. — Chauncey lhe lançou um olhar indignado de reprovação. A tatuagem de Veronica o chocara profundamente.

— Não, não é. Odeio dizer isso, mas acho que é algo inofensivo. Feio, mas inofensivo. — Olympia estava se conformando com o que não podia ser mudado.

— Ela está desfigurada pelo resto da vida. — Ele parecia magoado, e era óbvio que culpava Olympia por ter permitido que aquilo acontecesse.

Ela não era culpada, mas ele a responsabilizava mesmo assim. Sempre a culpava e a culparia por tudo.

— Veronica não está desfigurada. — A mãe a defendeu. — Ela ainda é uma menina encantadora. Foi uma tolice, eu sei.

E se mais tarde vier a odiá-la, o que eu espero que aconteça, ela poderá removê-la.

— Nós deveríamos forçá-la a fazer isso — ponderou Chauncey, esperançoso, ao terminar o drinque.

— Não, Chauncey, não deveríamos. Ela faria outra logo em seguida. Dê tempo ao tempo.

Ele meneou a cabeça, sussurrou algo para a esposa e, então, pareceu reparar em Frieda pela primeira vez, decidindo descontar sua ira sobre ela.

— Suponho que seu filho também tenha tatuagens — disse de forma acusatória.

A culpa tinha de ser de alguém. Nesse caso, de Olympia e Harry. Frieda sorriu para ele, com uma expressão bastante divertida. Era fácil saber o que se passava na cabeça de alguém como ele. Havia anos que ela lidava com esse tipo de preconceito.

— Não, não tem. Judeus não fazem tatuagens. É contra a nossa religião.

— Ah — murmurou ele, sem saber como responder.

Ele disse algo para Felicia e os dois se levantaram. A refeição havia terminado, e era hora de subirem e se juntarem aos convidados no salão. As garotas formariam uma fila para cumprimentar os convidados que entravam, enquanto os acompanhantes aguardavam atrás do palco. Eram quase 21h.

Capítulo 9

Olympia levou Frieda até o elevador depois que as gêmeas saíram. Na última vez em que foi vista, Veronica estava com a estola perfeitamente envolta sobre os ombros, e Olympia se sentiu grata mais uma vez por Frieda tê-la feito para a neta. Pelo menos a tatuagem não seria vista pelo salão inteiro. Os convidados de sua família já haviam visto o suficiente, o que causara uma comoção considerável.

— Peço perdão por Chauncey — desculpou-se Olympia, enquanto empurrava a cadeira de rodas para dentro do elevador.

— A culpa não é sua. Sempre fico surpresa que ainda haja pessoas como seu ex-marido por aí. Esse tipo de preconceito ainda me surpreende. Ele deve viver numa espécie de casulo.

— Ele vive — garantiu Olympia, feliz por não estar mais casada com ele. Mesmo com todos os defeitos, Harry era um homem inteligente, gentil e honrado.

Quando retornaram ao salão, passaram pela fila dos cumprimentos. Aquilo pareceu levar uma eternidade, e Frieda contemplou as gêmeas com um sorriso radiante quando se aproximou delas. Ela e Olympia haviam apertado todas as mãos adequadamente enluvadas e estendidas que ali estavam. Havia algumas garotas muito bonitas no grupo, mas nenhuma tão linda quanto as gêmeas, pensou Olympia. Elas estavam deslumbrantes em seus vestidos brancos de noite — bastante diferentes, mas igualmente belos.

Frieda ainda sorria de orgulho e prazer quando encontraram a mesa. Olympia a acomodou e se sentou ao seu lado. Steve, o amigo de Ginny, já estava sentado. Ele se levantou educadamente e se apresentou, parecendo levemente constrangido, e então voltou a se sentar. Olympia foi fria, pois ainda estava zangada com ele. O outro casal que ela havia convidado chegou logo em seguida. Ela os apresentou para Frieda, e, segundos depois, Margaret Washington e o marido apareceram. Margaret havia deixado a mãe no hospital em boas mãos. Ela usava um espetacular vestido de renda marrom, quase do mesmo tom de sua pele. Frieda achou que ela parecia uma versão jovem de Lena Horne. Era um grupo adequado, e todos falaram sobre como as gêmeas estavam lindas na fila de cumprimentos.

Cinco minutos depois, Chauncey e Felicia chegaram. Olympia notou que Chauncey começava a mostrar o quanto havia bebido. E, para sua irritação, ele lançou um olhar de espanto para Margaret e o marido, como se nunca tivesse visto um afro-americano. Pelo menos não ali. Ele não disse uma palavra, olhou para Olympia com tristeza e se sentou. Ela havia feito o impensável. Não apenas trouxera uma mulher judia para o baile, como havia convidado um casal afro-americano. A impressão era de que uma das artérias de Chauncey iria estourar. E, para tornar tudo ainda pior, sua filha fizera uma tatuagem. Ao ver a expressão no rosto dele, Olympia começou a rir. O olhar de Margaret encontrou o dela, e ela compreendeu o motivo da risada, começando a rir também. Frieda sorria extasiada, alheia ao que estava acontecendo. Ela adorava observar as pessoas, apreciar as joias, os vestidos de noite e as meninas bonitas. Para ela, o baile parecia ter sido tirado de um conto de fadas. Só a expressão de encantamento em seu rosto já fazia a noite ter valido a pena para Olympia. Qualquer que fosse a opinião de Chauncey, ela estava certa de que fizera a coisa certa. Frieda merecia estar ali tanto quanto qualquer outra pessoa no salão. Era o fim do mundo de Chauncey, de seus valores e de sua vida isolada e segregada. No final, o que Olympia tinha feito fora muito mais poderoso do que a obstinação de Harry ao se recusar a ir. Ele fizera exatamente o que pessoas como Chauncey esperavam, tinha ficado em casa. Olympia levara o mundo real com ela para o baile — uma sobrevivente do Holocausto e uma brilhante advogada negra que havia crescido no Harlem. Que maneira melhor de provar seu ponto de vista para eles? Ela não conseguia pensar em nenhuma.

Enquanto pensava nisso, Olympia ficou surpresa de ver Charlie atravessar o salão e vir em sua direção, e se perguntou se havia alguma coisa errada. Todos já estavam em suas mesas, e as garotas tinham ido para os bastidores a fim de se preparar para a apresentação. Narizes estavam recebendo camadas de pó, cabelos eram penteados e arrumados, batons, aplicados. A orquestra tinha começado a tocar, e os pais e amigos das debutantes estavam dançando. Eles tinham vinte minutos para se divertirem antes do show começar. Charlie atravessou o salão, determinado, e, para surpresa da mãe, convidou-a para dançar. Olympia sorriu para ele, comovida com o gesto. Sabia que ele estava fazendo isso porque Harry não estava presente. E ele sabia o quanto era difícil para ela passar a noite com o pai dele. Chauncey havia sido grosseiro com Olympia no que se referia à tatuagem e aos seus convidados. E, por alguma estranha razão, Chauncey e Felicia não tinham convidado ninguém. Charlie conduziu a mãe até a pista e graciosamente começou a dançar o foxtrote com ela.

— Já disse ultimamente o quanto sou orgulhosa de você?

— Ela olhou para o primogênito com um sorriso feliz, enquanto Frieda os observava com prazer. Olympia era uma bela mulher, e seu filho era um rapaz bonito e gentil. Ele estava com 8 anos quando Olympia e Harry se casaram, e Frieda o tinha visto passar de menino a homem. Como a mãe, orgulhava-se dele também. Charlie era um bom rapaz.

— Amo você, mãe — murmurou Charlie, baixinho, e ela viu a mesma sombra em seus olhos, como se questionassem algo. Por mais que tentasse, não conseguia adivinhar qual era a pergunta ou a resposta.

— Amo você também, Charlie. Mais do que imagina. As meninas estão lindas esta noite, não é mesmo?

Charlie assentiu e eles continuaram a conversar enquanto dançavam. Havia anos que Olympia não dançava com ele Ela se surpreendeu ao perceber o quanto ele se parecia com o pai na mesma idade. Porém, era uma pessoa muito melhor.

— Há várias moças bonitas aqui. Talvez você encontre a garota dos seus sonhos. — Ela brincou.

Na verdade, Olympia ficaria triste se ele encontrasse. Queria que ele conhecesse uma garota de um mundo mais interessante do que aquele. Era possível aturar aquelas pessoas por uma noite, mas em alguns aspectos elas eram uma espécie de excentricidade, uma relíquia do passado, assim como o pai de Charlie. Ela queria que o filho conhecesse alguém com horizontes mais amplos, uma mulher com valores menos restritos. Enquanto ela pensava, Charlie baixou o olhar até ela com um sorriso tranquilo.

— Sei que é loucura contar em um lugar assim, mãe. E sei que provavelmente é o momento errado, mas já faz um tempo que quero lhe dizer uma coisa.

— Se me disser que tem uma tatuagem de caveira no peito, vou bater em você!

Ele riu e balançou a cabeça, e os olhos voltaram a ficar sérios.

— Não, mãe. Eu sou gay.

Charlie não errou o passo uma vez sequer durante a dança, e Olympia olhou para ele com muito mais amor e orgulho do que ele jamais havia esperado ver depois que contasse a ela. Olympia não o decepcionara. E a pergunta que ela havia visto nos olhos dele por tanto tempo fora respondida. Ela nada disse durante um longo momento, e então se inclinou para mais perto dele e o beijou.

— Eu amo você, meu filho. E obrigada por me contar.

A confiança que Charlie tinha nela era o maior presente que ele poderia ter lhe dado, assim como ter aceitado pacificamente o que ele havia contado era o maior presente que ela podia ter dado a ele.

— Ao pensar nisso, não fico nem um pouco surpresa. Foi por causa do que aconteceu com o rapaz que se suicidou no ano passado? Você estava apaixonado por ele? — Talvez no fundo de seu coração, ela havia pensado nisso todo o tempo. Não tinha mais certeza. Talvez seu coração tivesse dito que Charlie era diferente muito antes de sua mente compreender.

— Não. — Ele meneou a cabeça. — Éramos apenas amigos. Ele foi para casa durante o fim de semana e também contou para os pais que era gay, e o pai disse que nunca mais queria vê-lo. Ele se matou quando voltou.

— Que coisa mais horrível para um pai dizer.

Ela viu Chauncey de relance, por sobre o ombro do filho, enquanto dançavam. Não ia ser nada fácil para Charlie contar para o pai. Ambos sabiam disso. Chauncey tinha um milhão de preconceitos sobre uma infinidade de assuntos.

— Acho que eu tinha medo de que algo assim pudesse acontecer comigo. Não que fosse me matar. Mas tinha receio do que vocês diriam quando eu contasse para você e o papai. Acho que sabia que você ia entender, mas nunca se sabe. E não consigo imaginar o papai aceitando isso numa boa.

— Ele provavelmente não aceitará. Seu pai precisa amadurecer primeiro. Talvez eu possa ajudar. Mas acho que você não deve tentar contar para ele esta noite — aconselhou ela, com cautela, e Charlie riu. Chauncey estava obviamente bêbado, como sempre.

— Não estava mesmo planejando contar hoje. Há meses que eu queria falar para você e o Harry. Acha que ele vai entender? — perguntou Charlie com uma expressão preocupada no rosto.

A opinião de Harry era muito importante para ele. Tinha um respeito profundo pelo padrasto, mesmo que ele não estivesse presente naquela noite. Não estar ali era somente algo que Harry achava que tinha de fazer, nada mais. Todos já o haviam perdoado, até mesmo Olympia.

— Acho que Harry não vai se importar. Na verdade, tenho certeza. Conte para ele quando quiser.

— Contarei. Obrigado, mãe — agradeceu ele ao fitá-la.

Havia meses que Olympia não via o filho tão feliz. Olhou para ele e a dança chegou ao fim.

— Você é a melhor mãe que alguém pode ter. Agora me sinto mais à vontade para contar da tatuagem que fiz nas costas. — Ele riu, parecendo criança novamente.

No entanto, naquela noite, ambos sabiam que ele tinha se tornado um homem. Dera o aterrorizante passo da infância para a vida adulta. Aquela noite era também um rito de passagem para Charlie. E, graças a Olympia, ele aterrissara com ambos os pés, e o chão debaixo dele era sólido, independentemente de sua orientação sexual. Ela o amava acima de tudo. Estava claro. Ele tinha seu amor e respeito incondicionais.

— Nem pense em me dizer que você tem uma tatuagem, Charlie Walker, ou eu sou capaz de estrangulá-lo!

— Não se preocupe, mãe, eu não tenho.

Ele tinha de se juntar aos outros nos bastidores, mas precisava contar isso para a mãe antes. Desconhecia a razão, mas sabia que tinha que ser naquela noite. Era o que queria. De um modo diferente das irmãs, aquele era também o seu debute.

Olympia se virou para fitar o filho mais uma vez, antes de ele conduzi-la de volta à mesa, e disse exatamente o que ele queria e precisava ouvir:

— Estou orgulhosa de você.

Ele a beijou no rosto e a acompanhou até a mesa. Lá, de pé, parado ao lado de sua cadeira, estava Harry, usando uma gravata branca e casaca, olhando para ela. Parecia que ele sempre planejara estar ali com ela. Frieda o fitava com uma expressão radiante e orgulhosa. Não era uma noite somente das meninas, mas dos filhos também.

— O que você está fazendo aqui? — perguntou Olympia, sorrindo para ele, enquanto Charlie se retirava.

A presença do marido a comovia mais do que podia expressar em palavras. A vinda de Harry, apesar de seus princípios e objeções, era um presente que ela sempre iria guardar com carinho, tanto quanto a confiança do filho. Até então, a noite tinha sido memorável.

— Decidi aceitar sua sugestão e a da minha mãe, e ser menos egoísta. E achei que esta noite seria uma boa oportunidade para isso.

Todos pareciam estar tendo epifanias naquela noite, e Olympia tivera a dela também. Ela se conscientizara de que o amava, independentemente de ele ir ou não ao baile. Ela havia perdido as esperanças desde que ele dissera como se sentia com relação ao evento.

— Temos tempo para uma dança? — indagou ele com delicadeza, e ela assentiu.

Era a última dança antes da apresentação. Harry havia cronometrado sua chegada com precisão.

— Amo você, Harry — declarou ela, feliz, valsando lentamente em seus braços.

— Amo você também, Olympia. Desculpe-me por ter sido um chato em relação a esta noite. Acho que tinha de resolver meu problema sozinho. — Então ele riu. — Quando estava saindo, minha mãe disse o quanto se sentia envergonhada por minha causa. Disse que eu era a pessoa mais preconceituosa que ela conhecia. Até Max disse que era uma estupidez eu não vir. E sei que era. As únicas pessoas com quem me importo são você e as crianças. Mas queria estar aqui com você. Sinto muito por tê-la deixado chegar sozinha. A propósito, como foi o jantar?

— Interessante. Chauncey teve uma explosão de raiva por causa da tatuagem de Veronica. Não o culpo, mas, como sempre, ele passou um pouco dos limites.

— Ela o mandou para algum lugar específico? — perguntou Harry num tom divertido.

Ele obviamente havia perdido os fogos de artifício do jantar, mas chegara para a melhor parte, aquela que era realmente importante para Olympia. A apresentação das gêmeas à sociedade.

— Não, o que é digno de nota — disse ela em resposta à pergunta sobre o que Veronica tinha dito para o pai. — Ela o mandou crescer, o que não é uma má ideia. Ficar sóbrio também não seria. Chauncey ainda bebe muito.

Ela tinha muitas coisas para contar a Harry quando chegassem em casa mais tarde, principalmente a confissão de Charlie. Era a prioridade dela. Mas não queria contar ali. Ainda estava um pouco surpresa com o que o filho havia dito, mas tocada por ele ter, finalmente, confiado nela. Charlie parecia ter tirado o peso de uma tonelada dos ombros ao contar. E Olympia ainda precisava digerir a informação. Mas, no final, o que quer que ele quisesse ou precisasse, ou o fizesse feliz, estaria bom para ela. E tinha certeza de que seria assim com Harry também. Chauncey era outra história. Ela suspeitava de que ele iria demorar mais para se acostumar. Então ela riu e continuou a contar para o marido o que ele havia perdido.

— Achei que Chauncey fosse ter um ataque do coração quando os Washington entraram.

Harry riu em resposta.

— Você com certeza sabe se manifestar melhor do que eu. Sejam quais forem as regras deles, você provavelmente quebrou todas com as pessoas em sua mesa, juntamente com o maior elitista de Newport. Que bela mistura para arrastar essas pessoas para o mundo real. Como a minha mãe está?

— Acho que ela está se divertindo. — Olympia sorriu para o marido com uma expressão de puro prazer. — Obrigada por vir, Harry. Estou tão contente que esteja aqui. — Ele podia ver o quanto era importante para ela, o que o deixou feliz. Por fim, estava ciente de ter feito a coisa certa.

— E eu também. Quando começa o show? — Um rufar de tambores ao final da valsa respondeu sua pergunta, e o maestro pediu a todos que se sentassem.

Harry deixou a pista logo atrás de Olympia e sentou-se ao lado dela e da mãe na cadeira de rodas. Poucos instantes depois, as luzes se apagaram, uma cortina subiu e um holofote iluminou uma arcada de flores. Uma fila de cadetes de West Point surgiu, erguendo e cruzando seus sabres. As debutantes iriam passar por baixo da arcada exatamente como quando Olympia tinha feito seu debute há 27 anos. Frieda assistia à performance de olhos arregalados quando surgiu a primeira debutante. As garotas surgiam em ordem alfabética, e Olympia sabia que, com o sobrenome Walker, as gêmeas seriam as últimas. Teriam de assistir à apresentação de 48 debutantes antes que Virginia e Veronica fizessem suas mesuras.

As garotas caminhavam devagar, algumas parecendo nervosas, outras confiantes; algumas sorrindo abertamente, outras mais sérias. As coroas de flores criavam um efeito angelical, e alguns dos vestidos eram realmente encantadores, outros um pouco exagerados. Havia garotas magras e roliças, bonitas e comuns. Mas, ao saírem, segurando o buquê e com uma das mãos enluvadas no braço de seu acompanhante, todas pareciam estar vivendo o momento mais glorioso de suas vidas. O apresentador anunciava o nome das debutantes e dos acompanhantes. Elas ficavam paradas e todos aplaudiam, assobiavam e gritavam e, num movimento gracioso e calculado, faziam a mesura, desciam as escadas devagar por baixo dos sabres dos cadetes, e atravessavam o salão para esperar pelas outras. Havia algo de tolo e maravilhosamente antiquado em tudo aquilo. Não era difícil imaginar outras garotas fazendo o mesmo nos últimos cem anos, chegando aos tempos modernos. Ao contrário de suas antepassadas, essas garotas não estavam à procura de um marido. Estavam saindo de encontro ao mundo, entre amigos e familiares, para um momento mágico do qual se lembrariam para sempre. Um mundo à espera de recebê-las e celebrá-las; um mundo que seria fácil para umas e difícil para outras. Mas, nessa noite, nesse momento único e esplendoroso, todos os acontecimentos faziam com que elas tivessem certeza de que todos no salão as amavam, que estavam orgulhosos delas e que lhes desejavam o melhor. Havia um sentimento arrebatador de alegria e de carinhosa aprovação no ambiente, e todas as debutantes eram aplaudidas. E então, finalmente, Olympia e os outros convidados em sua mesa aplaudiram primeiro o debute de Veronica e, depois, o de Virginia. Veronica parecia tudo, menos relutante. Passava uma impressão de confiança e orgulho, sorriu de um jeito sensual, segurou a estola que a envolvia e desceu a escada em passos calculados, passando por baixo das espadas e atravessando o salão em direção às demais. Então Charlie surgiu com Virginia. Ele estava incrivelmente elegante ao segurar a mão enluvada da irmã, apoiada num dos braços. Ele apertou o braço dela com gentileza e Ginny sorriu, tímida, inclinando-se numa mesura graciosa e descendo as escadas, devagar, passando pelos cadetes. Todas desfilaram mais uma vez ao redor da pista de dança, formando uma fila de meninas jovens e bonitas. Então fizeram mais uma mesura, e os pais foram convidados a ir para a pista. Chauncey se levantou com mais firmeza do que Olympia esperava, e caminhou orgulhoso para a pista de dança ao encontro de Virginia. Olympia sussurrou algo para Harry. Ele hesitou e ela o encorajou, então ele foi até Veronica.

Chauncey olhou para Harry por um momento e depois assentiu. Como se tivesse sido planejado, eles dançaram até a metade da música cada um com uma das gêmeas, e então trocaram. Olympia sabia que ela, Harry e Frieda jamais esqueceriam aquele momento. O homem que se opusera com tanta convicção a tudo que aquela noite representava dançou com suas filhas na noite do debute. E, ao final da dança, Chauncey apertou a mão de Harry, deixando Olympia surpresa. O rito de passagem acabou por ser não apenas das moças, mas dos adultos também. Ambas as famílias estavam cientes de seus elos por meio dos filhos. E então Chauncey retornou à mesa e convidou Olympia para dançar.

— Eu ainda não superei a questão da tatuagem — disse ele ao pousar os olhos nela, sorrindo dessa vez.

Por um instante, ela quase conseguiu se lembrar do homem que havia amado no passado. Em comum, eles tinham três filhos adoráveis, e haviam acabado de compartilhar uma noite de que todos se lembrariam para sempre. Ela riu.

— Nem eu. Pensei que fosse desmaiar quando vi. Acho que nossos filhos vão sempre nos surpreender, e nem sempre será como queremos. Mas temos sorte, Chauncey, nossos filhos são ótimos.

— Sim — admitiu ele sem hesitar —, eles são.

Olympia olhou para o outro lado do salão e viu Harry dançando com Felicia, Veronica com Charlie, e Ginny feliz nos braços de Steve, que tinha partido seu coração na noite anterior. Ela estava rindo de algo que ele dissera, e Olympia não pôde deixar de pensar que Ginny talvez o tivesse enfeitiçado, fazendo-o mudar de ideia. Era o que ela esperava. As gêmeas mereciam estar felizes naquela noite mais do que as outras. Ela sabia que as meninas iriam passar a noite com os amigos e que voltariam para casa após tomarem o café da manhã em algum lugar.

As duas meninas fizeram questão de ir até ela e dizer o quanto a amavam e como estavam felizes por terem debutado. Veronica a abraçou bem forte, e mãe e filhas choraram quando as gêmeas agradeceram. Naquele único momento radiante, Olympia soube que tudo tinha valido a pena.

Ela e Harry continuaram a dançar mesmo depois de Chauncey, Felicia e os outros convidados terem ido embora. Frieda permaneceu sentada, feliz em sua cadeira de rodas, desfrutando a música e observando as pessoas. Todos cearam à meia-noite, e eram 2h quando os Rubinstein foram para casa. Frieda disse que se não tivesse quebrado o tornozelo e não estivesse engessada, teria dançado a noite inteira. Disse que era a noite mais mágica de sua vida. Harry e Olympia ficaram comovidos de vê-la tão emocionada por ter ido ao baile.

Charlie fez questão de se despedir antes de ir embora com as meninas. Iriam até uma boate para dançar um pouco mais. Era uma noite que ninguém esqueceria. Charlie sussurrou para a mãe antes de partir:

— Obrigado de novo, mãe, amo você.

— Amo você também, meu querido. — Ela sorriu para ele.

Naquela noite, tudo o que importava era a união entre eles. As meninas tinham ido agradecê-la. Até Veronica havia dito que se divertira, e Harry falou o mesmo quando foram embora.

— Tive uma noite gloriosa, Ollie — afirmou, olhando para ela com carinho.

Harry era muito grato pelo que ela tinha feito por sua mãe. Olympia soubera, instintivamente, o quanto aquilo significava para Frieda, e nada no mundo a teria impedido de levá-la. Cada um, à sua maneira, tivera o seu rito de passagem. Sobretudo Harry. Ele havia posto seus ideais radicais de lado por um momento, se deixara levar pela leveza dos sentimentos e descobrira que transitar entre mundos tão diferentes não era algo tão absurdo. Os olhos de Frieda ainda brilhavam quando eles entraram na limusine. Naquela noite, Frieda era Cinderela, e Olympia, sua fada madrinha. Harry, no final, se tornara o príncipe encantado.

Os três se reuniram na cozinha quando chegaram em casa, e Harry preparou omeletes, afrouxando a gravata. Frieda ainda vestia seu belo vestido de veludo negro. Sentaram-se à mesa da cozinha, conversando sobre todos os momentos especiais da noite.

— Que belo vestido Felicia estava usando — disse Harry ao terminar a omelete, e Olympia riu.

— Ela combina perfeitamente com Chauncey, melhor do que eu — disse Olympia com generosidade. — Talvez Veronica tenha quebrado o gelo com aquela tatuagem. Madame Butterfly. Talvez eu faça uma também.

— Não ouse! — resmungou Harry, parecendo mais belo do que nunca para a mãe e a esposa.

Olympia ajudou Frieda a se deitar, enquanto Harry arrumava a cozinha. Com a cabeça nos travesseiros, Frieda encarou a nora com olhos brilhantes.

— Obrigada, minha querida. Nunca me diverti tanto.

— Eu também — disse Olympia com sinceridade. — Estou tão feliz que você e Harry tenham ido.

— Ele é um bom menino — afirmou Frieda com orgulho. — Estou contente que ele tenha agido da forma correta.

— Ele sempre age — acrescentou Olympia e lhe deu um beijo de boa-noite antes de apagar a luz e deixar o quarto.

Harry estava esperando por ela no corredor do lado de fora. Subiram as escadas de mãos dadas e fecharam a porta do quarto silenciosamente para não acordarem Max. A babá que Harry chamara de última hora tinha ido embora quando eles chegaram em casa. Ela estava adormecida no quarto de Charlie desde as 3h. Eram quase 4h quando Harry abriu o zíper do vestido de Olympia e a contemplou com prazer. Ela então se lembrou do que ainda não tinha conseguido contar para ele. Seu olhar se tornou sério ao fitar o marido.

— Charlie me contou algo muito importante esta noite.

— Disse que também tem uma tatuagem? — brincou Harry, e ela balançou a cabeça.

Ela não estava triste por Charlie. Pelo contrário, tinha um enorme respeito por ele.

— Charlie debutou também. Ele se assumiu.

— Assumiu o quê? — perguntou Harry, confuso, e então compreendeu.

O fato não o deixou completamente surpreso, embora nunca tivesse tido certeza. Algumas vezes chegou a pensar na possibilidade e não quis comentar com Olympia, pois suas suspeitas podiam não ser verdadeiras. Tinha receio de que isso a aborrecesse. Mas não foi o que aconteceu. Ela havia ficado surpresa, mas amava o filho mais do que nunca.

— Ele me contou — disse, orgulhosa. Ficara tocada com a confiança que Charlie depositara nela. — Quando estávamos dançando, antes de você chegar.

— Confesso que fiquei tentando imaginar o que ele estava dizendo. Fiquei observando vocês dançarem. Você estava linda. — Harry se aproximou e a abraçou pela cintura. — Como você se sentiu ao saber disso? — Ele parecia preocupado.

Era uma confissão e tanto da parte do filho dela, com ramificações que certamente afetariam ele e a família por anos. Talvez pelo resto de sua vida.

— Fiquei bem. Só quero que ele seja feliz. E ele me pareceu bem mais feliz depois que me contou do que tem estado ultimamente.

— Então, fico contente e aliviado por vocês dois. Você estava certa — disse ele ao se sentar na cama e olhar para a esposa. — Cheguei à conclusão de que uma festa de debutante é uma coisa boa. É muito parecida com um *bat mitzvah*. É uma dessas ocasiões que faz todo mundo se sentir bem, não só as debutantes, mas todos os amigos e familiares, e todos aqueles que a compartilham com elas. Adorei ver minha mãe lá. E adorei dançar com você e com as meninas. E, por mais que pareça estupidez, quando Chauncey apertou a minha mão, fiquei com lágrimas nos olhos.

Em diversas ocasiões surgiram lágrimas nos olhos dele naquela noite, e nos dela também. Fora uma noite de amor e celebração, de esperança e recordações; uma noite em que as meninas se tornaram mulheres, crianças se tornaram adultas, e desconhecidos se tornaram amigos. Exatamente como ela havia dito que seria, um rito de passagem e uma tradição encantadora, nada mais. A noite em que Harry havia saído de um mundo antigo e entrado em um novo. A noite em que os demais tiveram um vislumbre do passado. Em que o passado e o futuro se encontraram num momento radiante. Em que o tempo parou, a tristeza desapareceu, e a vida começou.

Este livro foi composto na tipologia Adobe
Garamond Pro, em corpo 11,5/14, e impresso em
papel off-set 90g/m² no Sistema Cameron da
Divisão Gráfica da Distribuidora Record.